Seneca zum Vergnügen

Seneca zum Vergnügen

Herausgegeben und übersetzt
von Marion Giebel

Mit 12 Abbildungen

Reclam

RECLAMS UNIVERSAL-BIBLIOTHEK Nr. 19208

Umschlagillustration: Nikolaus Heidelbach, Köln
Umschlaggestaltung: Eva Knoll, Stuttgart
Gesamtherstellung: Reclam, Ditzingen. Printed in Germany 2014
RECLAM, UNIVERSAL-BIBLIOTHEK und
RECLAMS UNIVERSAL-BIBLIOTHEK sind eingetragene Marken
der Philipp Reclam jun. GmbH & Co. KG, Stuttgart
ISBN 978-3-15-019208-5

Auch als E-Book erhältlich

www.reclam.de

Inhalt

Vorwort 7

I Sich selbst gehören, die Zeit nutzen 27

II Was sagen die Weisen? 33

III Aus dem Leben lernen 43

IV Philosophieren – leben 61

V Wahre Freude 71

VI Der Natur gemäß leben – Leben wider die Natur 77

VII Der Genusssucht den Prozess machen ... 82

VIII Weltall, Götter und Menschen 98

IX Der Mensch, dem Menschen heilig? 112

X Handeln lehrt die Philosophie, nicht reden 130

XI Ruhe und Tätigkeit 136

XII Vom glücklichen Leben 154

XIII Ende oder Übergang? 163

Textnachweise 186

Verzeichnis der Textstellen 186

Verzeichnis der Abbildungen 191

Vorwort

Als Ratgeber für ein glückliches, oder, wie es heißt, gelingendes Leben treten heute Glückspropheten, Lebenskünstler und Sinnsucher aller Art auf, die in einer philosophischen Hausapotheke oder sogar mit Hilfe eines Fragebogens Lebenshilfe bieten. Wenn man ihre Botschaften auf ihren Kern reduziert, wird man das alles klar, knapp und einleuchtend schon bei Seneca finden. Wie zum Beispiel: »Will man glücklich werden, dann mehre man nicht den Besitz, sondern mindere die Wünsche«. »Nicht wer wenig hat, sondern wer viel wünscht, ist arm.« »Fang jetzt an zu leben und zähle jeden Tag als ein Leben für sich«.

Aber Seneca hat mehr zu bieten als erbauliche Kalendersprüche. Wenn ihn Nietzsche den »Toreador der Tugend«[1] nennt, so meint er nicht nur den Philosophen, der mit Vehemenz und Eindringlichkeit als den alleinseligmachenden Weg zum Glück die Lehren der Stoa verkündet. Nietzsche, selbst Philosoph und Dichter, weist auch hin auf die Sprache Senecas. Bei ihrer Treffsicherheit, ihrem Pointenreichtum und der Intensität, mit der sie auf ein Gegenüber zielt, kann man an den gewandten Degen eines Toreros denken. Senecas Degen richtet sich gegen das Fehl-

1 F. Nietzsche, *Werke in 6 Bänden*, Bd. 4, hrsg. von K. Schlechta, München 1980, S. 991: »Streifzüge eines Unzeitgemäßen«.

verhalten seiner Zeitgenossen, das er in anschaulichen Szenen vergegenwärtigt, die auch dem heutigen Leser noch Vergnügen machen. Seneca ist ja auch Tragödiendichter – und er schafft sich eine Bühne, auf der er die missgeleiteten Zeitgenossen auftreten lässt: die Betriebsamen, die den ganzen Tag hektisch herumrennen und nur ihre Lebenszeit vertun, die Modebewussten, die stundenlang beim Friseur sitzen und einen Rat abhalten über jedes einzelne Härchen, die Superreichen, die Meeres- und Seeufer mit ihren Luxusvillen zubauen – dabei können sie doch nur in einem Bett schlafen – die Gourmets, die Delikatessen von jenseits der Grenzen des Römischen Reiches für ihre feine Küche heranschaffen lassen, um dann nur einen Bissen davon zu nehmen, weil ihr Magen schon krank ist, oder die im Sommer Schnee brauchen, um ihre Getränke zu kühlen, oder die nachts leben und am Tag schlafen, weil sie nicht leben wollen wie das gemeine Volk. Sind sie denn glücklich? Nein, sagt Seneca, die Gier nach Luxus und Genuss brauche ja ständig neue Reizmittel, müsse sich selbst überbieten, und dies führe zu einem Gefühl des Überdrusses, eines Unbefriedigtseins inmitten allen Reichtums. Für seinen Besitz und seine Stellung müsse man auch fürchten, vor allem in diesen unruhigen Zeiten, wo man sich heute in der Gunst des Kaiserhofes sonnen könne, morgen das Todesurteil zu erwarten habe. Die Furcht vor dem Tod, ob gewaltsam oder nicht, vor einem Umschlag des Schicksals, ist allgegenwärtig, da hilft kein Luxus, kein *Savoir-vivre*.

Was hilft? Die Philosophie, so wie sie Seneca verstanden haben will, als Lebenskunst, als Seelenheilkunde. Der Philosoph muss ein Arzt für die Seele sein. Zwar kann er die verschiedenartigen Nöte des Lebens nicht beheben, wie Armut, Krankheit, Unterdrückung, aber er kann dem Betroffenen zu einer gewandelten Einstellung gegenüber diesen Problemen verhelfen, und dann wird dieser mit seiner speziellen Lebenssituation besser umgehen können. Nichts anderes versucht heute die Psychologie und Psychotherapie.[2]

Was rät Seneca als Stoiker? *Secundum naturam vivere*, gemäß der Natur leben, ist die zentrale Formel seiner Schule. Gegründet von Zenon (332–262 v. Chr.), benannt nach einer mit Gemälden ausgestatteten Säulenhalle in Athen (*stoa poikile*), dem Versammlungsort der Schule, stand die Stoa in der Nachfolge des Sokrates und seines Bemühens um die Seele, die möglichst gut sein sollte.[3] Im Hellenismus

2 Wie das »Center for Mindfulness – Based Stress Reduction«, das mit mentalen Techniken eine Aktivierung der Psyche lehrt, wodurch das Stresshormon Kortisol messbar reduziert wird.

3 Platon, *Apologie* 30b. Sokrates war mit seinem unermüdlichen Fragen nach dem rechten Leben und Handeln wie mit seinem vorbildlichen Sterben ein großes Vorbild für Seneca.

begann das Individuum, aus der Begrenzung des Bürgertums in seiner Polis, der Stadtgemeinde, herauszutreten, sich auf sich selbst zu besinnen und sich wichtig zu nehmen. Ein individuelles Glücksstreben verband sich mit dem neuen Gefühl eines Weltbürgertums, erzeugt von den weiten Räumen der antiken Welt nach den Eroberungen Alexanders des Großen. Viele Völker vieler Rassen lebten hier zusammen, geprägt von der griechischen Kultur. Weltoffenheit dokumentiert sich in der Herkunft der stoischen Lehrer: Der Gründer Zenon stammte aus Kition auf Zypern, war der Abstammung nach Phönizier; Panaitios aus Rhodos, der bedeutende Impulsgeber, leitete die Schule in Athen, kam nach Rom, um dort die Stoa einzubürgern; sein Schüler Poseidonios stammte aus Apameia in Syrien. Eine von ihnen gelehrte Philosophie musste wahrhaft weltumspannende Leitbegriffe haben. Einer dieser Begriffe war die *physis*, lateinisch *natura*, die Natur in einem weiten Sinn, die Allnatur des Kosmos, der von einem geistig-göttlichen Prinzip durchwaltet wird. Die Götter sind gewissermaßen Personifizierungen dieses schöpferischen Prinzips, das gleichzeitig *logos*, *ratio*, die göttliche Weltvernunft ist. Die Grundvorstellung der stoischen Ethik besagt, dass alle Menschen Glieder der Natur und mit einem Anteil an dieser Weltvernunft ausgezeichnet sind, den man sich bildlich in der Art eines Funkens aus dem feurigen Element des Kosmos vorstellte. Alle Menschen besitzen diesen göttlichen Funken, sie sind also alle gewissermaßen Abkömmlinge des Göttlichen, was sie auch untereinander verbindet, unabhängig von ihrem irdischen Status als Freier oder Sklave, Mann oder Frau. Sie sind ihrer Verbindung mit dem Göttlichen verpflichtet, indem sie ihre *ratio*, diesen Vernunftfunken[4], im Verlauf ihres Lebens ausbilden. Damit folgen sie dem Gesetz der gemeinsamen Natur, wie der Grundgedanke der Stoa lautet. Da die göttliche Allnatur vollkommen ist, also gut, verwirklicht der Mensch mit der Ausbildung der vollkommenen Vernunft, der *recta ratio*, gleichzeitig den höchsten sittlichen Wert, die *virtus*, die Tugend. Sie ist damals wie heute die Grundlage menschlichen Zusammenlebens, denn sie bedeutet, das Rechte zu tun, niemandem Unrecht oder Leid zuzufügen, auch sich selbst nicht, sich den Mitmenschen und der staatlichen Gemeinschaft nach Kräften zur Verfügung zu stellen, seine Affekte im Zaum zu halten, alles Tun und Lassen der Vernunft zu unterwerfen, nur sich selbst, das heißt dieser Vernunft, verantwortlich zu sein. Wer so lebt und handelt, besitzt die *virtus*, und sie allein ist der höchste, unverlierbare Wert, in ihrem Besitz liegt das Glück.

Und was ist das Glück? Die innere Unabhängig-

4 Noch heute spricht man von einem (bzw. keinem) Funken Vernunft.

keit von allen äußeren Dingen, die wir nicht beeinflussen können, von den Wechselfällen des Lebens, das Vertrauen darauf, in seinem Innern fest und unerschütterlich gegründet zu sein. Das wiederum führt zur Gelassenheit, zur »stoischen Ruhe«.

Seneca nimmt, ebenso wenig wie ein anderer prominenter Stoiker, Kaiser Marc Aurel, für sich in Anspruch, die höchste Stufe der Vollkommenheit schon erreicht zu haben. Doch wer immer strebend sich bemühe, der werde dem Ziel im Laufe seines Lebens nahe kommen. Und hilfreich sei dieses Bemühen im Sinne eines ständigen Meditierens, Memorierens der stoischen Regeln, in jedem Falle. Dafür war Seneca selbst der lebende Beweis.

Um die Zeitenwende in Corduba in Spanien geboren erhielt er in Rom eine gründliche Ausbildung in den Wissenschaften, vor allem in Rhetorik, so dass er bald ein anerkannter Redner war. Was ihm freilich die Missgunst des Kaisers Caligula zuzog, der sich selbst für den besten Redner hielt und den Rivalen beseitigen wollte. Nur der Hinweis, Seneca habe es an der Lunge und mache es eh nicht mehr lang, hielt ihn davon ab. Seneca litt in der Tat an Tuberkulose und Bronchialasthma; die erstere Krankheit konnte er bei einem Aufenthalt bei Verwandten in Ägypten auskurieren, das Bronchialasthma, mit qualvollen Erstickungsanfällen, blieb ihm bis ins Alter, wohl mit fortschreitender Herzinsuffizienz, und ist wohl einer der Gründe, warum der Gedanke an den Tod eine so große Rolle bei ihm spielte.

Der grausame und größenwahnsinnige Caligula wurde 41 n. Chr. ermordet, unter seinem Nachfolger Claudius schienen bessere Zeiten anzubrechen, doch die Kaisergattin Messalina spann Intrigen, denen auch Seneca zum Opfer fiel. Als angeblicher Ehebrecher mit Julia Livilla, einer Schwester des Caligula, in der Messalina eine Rivalin sah, wurde Seneca auf die damals recht unwirtliche Insel Korsika verbannt. 41–49, acht lange Jahre, eine Zeit, in der seine Altersgenossen in Rom die Stufenleiter der Ämterlaufbahn absolvierten, verbrachte Seneca im Exil. Er verfasst eine Trostschrift an seine Mutter Helvia in Rom, in der er zwar nicht beteuert, dass er unschuldig ist – damit würde er dem Kaiser ein Fehlurteil unterstellen und eine etwaige Begnadigung erschweren –, doch indem er sich selbst in eine Reihe mit dem unschuldig verurteilten Sokrates stellt, sagt er genug. Er tröstet Helvia, die, wie er weiß, der Philosophie zugewandt ist, indem er ihr beweist, wie er mit den stoischen Grundsätzen lebt. Was sei Armut? Die Natur erfordere nur weniges zum Leben. Was sei Verbannung? Der Mensch sei überall auf der Welt zu Hause. Er habe keine Freuden? Doch, er schaue hinauf zum Himmel, sehe die Gestirne, wie sie ihren Lauf nähmen, und fühle sich eingebunden in die Gesetzmäßigkeit und Harmonie des Kosmos. Es erhebe ihn, wie er später sagt, Zeuge zu sein des Wirkens der Gottheit im All. Ein Band der Sympathie umschließt ja, wie die Stoa lehrt, den Makrokosmos, das All, und den Mikrokosmos, den Menschen. Eine solche nicht nur emotionale, sondern wissenschaftliche Bindung bleibt Seneca bis ins Alter erhalten, bis hin zu seiner Abhandlung *Naturales Quaestiones*, den *Naturwissenschaftlichen Untersuchungen*. Das Schicksal ist veränderlich, auch ein missliches, wird er später sagen.

Messalina starb, und die nächste Gattin des Claudius wurde Agrippina, die Schwester der Julia Livilla, die zusammen mit Seneca verbannt worden war. Agrippina hatte Großes vor: Sie wollte an die Dynastie des Augustus anknüpfen, und ihr Sohn Nero (geb. 37 n. Chr.) sollte statt des Kaisersohnes Britannicus Thronfolger werden. Sie rief Seneca aus der Verbannung zurück und übertrug ihm 49 n. Chr. die Erziehung des Prinzen.

Seneca muss mit großen Hoffnungen an sein Werk herangegangen sein. Hatte nicht Platon gesagt, die Menschheit würde erst dann glücklich, wenn entweder die Herrscher Philosophen oder die Philosophen Herrscher wären? Könnte sich hier nicht beides verwirklichen – der junge Herrscher als Schüler der Philosophie würde ein Philosophenherrscher werden. Seneca verfasste einen Fürstenspiegel (*De clementia*, *Über die Milde*), in dem er darlegt, dass die wahre Freude, das echte Vergnügen nur im Wohltun des

Seneca mit seinem Schüler Nero
Statuengruppe von E. Barrón González, Rathaus Córdoba

Herrschers und in der daraus entspringenden Liebe der Bürger bestehe. Nero sah das bekanntlich anders. Mit welchem (Des-)Interesse er dem Unterricht seines Philosophenlehrers folgte, stellt eine Statuengruppe in Senecas Heimatstadt Cordoba dar (Abb. S. 15): Minerva, die Göttin der Weisheit und Wissenschaft, verweist vergebens auf ihre Schätze.

Seneca, der große Weisheitslehrer der Menschheit – ein gescheiterter Prinzenerzieher? Ist es ein Hieb auf Agrippina, wenn er von verwöhnten Einzelkindern spricht, denen immer nachgegeben wurde, denen alle nach dem Munde redeten, die bei der geringsten Versagung einen Tobsuchtsanfall bekamen und sich schließlich zu richtigen »Monstern« entwickelten?[5] Betont er deshalb so sehr, dass man auch den Willen haben müsse, sich die rechte Vernunft und die Tugend anzueignen? *Quid ratio possit* – Was vermag die Vernunft, wenn man den *furor*, die blinde Leidenschaft, in sein Inneres eingelassen hat, fragt Seneca in einer seiner Tragödien. Diese stellen einen Gegenentwurf dar zum vernunftbestimmten Leben des Jüngers der Philosophie: abschreckende Beispiele im Gewand des Mythos, aber vielfach ein Spiegel der Gegenwart.

Seneca führte, zusammen mit dem Prätorianerpräfekten Burrus, die Staatsgeschäfte für den jugendli-

5 De ira – Vom Zorn 2,21,6 ff.; 2,18,2; epist. 47,19 f.

chen Kaiser. Welche Maßnahmen er im einzelnen traf, ist nicht mehr nachvollziehbar, doch wurde von keinem Geringeren als Kaiser Trajan die Zeit seiner Administration als das glückliche Jahrfünft Roms bezeichnet (54–59 n. Chr.). Dann aber wurde sich der junge Kaiser seiner Machtfülle bewusst und wollte sie auskosten. Seine herrschsüchtige Mutter Agrippina war ihm lästig, er ließ sie schließlich ermorden (59 n. Chr.). Statt seines Tugendlehrers Seneca bevorzugte er andere Ratgeber, die ihn in seinem Allmachtsanspruch bestärkten. Die zunehmenden Willkürakte und Todesurteile waren ein trauriger Beweis dafür, wie sehr man sich geirrt hatte, als man in dem jungen Nero, dem blutsmäßigen Nachfahren des Augustus, den Bereiter eines neuen goldenen Zeitalters erhofft hatte. Seneca sah, dass es nur noch eine Frage der Zeit war, bis seinem ehemaligen Zögling auch der Lehrer, als ein wandelnder Vorwurf, allzu lästig sein würde.

Seneca demissionierte – er gab Nero 62 n. Chr. seine Amtsbefugnisse zurück und bat, sich ins Privatleben zurückziehen zu dürfen, wo er sich den Wissenschaften widmen wollte. Er wollte auch seine reichen Güter zurückgeben, doch Nero lehnte es ab, die Geschenke zurückzunehmen, um nicht als undankbar zu erscheinen. Vielleicht amüsierte er sich darüber, dass sie seinem Tugendlehrer Kritik und Anfeindung einbrachten: der Philosoph, der Wasser predigte und Wein trank (vgl. S. 160 f.).

Die Audienz mit dem Gespräch zwischen Lehrer und Schüler, samt dem Judaskuss zum Abschied, hat Tacitus wie eine Bühnenszene dargestellt,[6] des Theaterdichters Seneca würdig und angemessen für eine Zeit, die mit ihren jähen Umschwüngen und den bizarren Auftritten ihres Protagonisten selbst eine Bühne war, auf der Leben und Tod nicht nur gespielt wurden.

Seneca lebte nun zurückgezogen in Rom und auf seinen Landgütern und führte seine schriftstellerische Arbeit fort. Darin nahm er auch den Vorwurf seiner Stoikerfreunde vorweg, dass ihrer Lehre gemäß der Weise, das heißt der Jünger der Philosophie, bis zum letzten Atemzug tätig sein müsse. Die Lehrer der Stoa hätten, so Seneca, auch gesagt: Zwar solle der Weise im Staatsleben tätig sein, wenn sich jedoch der Staat in einem Zustand befinde, in dem ihm nicht mehr zu helfen sei, dann solle er sich zurückziehen und auf andere Weise zu wirken versuchen. Ebendas tut Seneca: Für ihn gibt es nicht den Gegensatz *negotium* – Tätigkeit, *otium* – Muße im Sinne eines Untätigseins oder Müßiggangs. Sein *otium* ist ein *negotium*: Er arbeitet für die Nachwelt und will ihr ein Kompendium der Philosophie hinterlassen, als Überlebensstrategie.

Seine bisherigen Schriften heißen zu Recht *dialogi*;

6 Tacitus, *Annalen* 14,53–56.

sie sind an einen Adressaten gerichtet, einen Freund oder Verwandten, haben aber immer gleichzeitig auch ein weiteres Publikum im Auge, einen Leser, mit dem der Autor ein Gespräch führt, den er in seinen Bemühungen um die rechte Lebensweise bestärkt und dem er ins Gewissen redet. Der Dialog *de brevitate vitae – Von der Kürze des Lebens*[7] zeigt besonders, wie Seneca, bei allem ernsten Bemühen, seine Zeitgenossen zum rechten Gebrauch ihrer kostbaren Lebenszeit anzuhalten, auch (im Sinne der späteren Form des Essays) für den unterhaltsamen Charakter sorgt. Er kennt seine Zeitgenossen, die an Reizüberflutung leidenden Großstädter. Sie sollen nicht ab- oder umschalten. So lässt er die *occupati*, die Betriebsnudeln, bei ihren ach so wichtigen Tätigkeiten auftreten: ›Das bin ich doch nicht!‹, mag der Leser sagen – ›oder doch?‹ Und auf den Zuhörer bzw. Leser ist auch Senecas Stil zugeschnitten; mit seinen kurzen Gliedern, seinen Pointen und seinen einprägsamen Anekdoten hat er Appellcharakter, wie eine Rede, die die Zuhörer aufmerksam machen und überzeugen soll. Es ließe sich viel sagen über die *virtus*, die sittliche Vollkommenheit als einzig wahres, unverlierbares Gut. Das Ziel der stoischen Philosophie ist ja die autonome Persönlichkeit, die, unange-

7 Vgl. Seneca, *Das Leben ist kurz!*, übers. und hrsg. von M. Giebel, Stuttgart 2007.

fochten von den Wechselfällen des Schicksals, in sich ruht. Seneca packt diese Aussage in die Anekdote von dem Philosophen, der nach der Zerstörung seiner Heimatstadt von dem siegreichen Machthaber gefragt wird, ob er etwas eingebüßt habe. Nein, sagt er, alles meinige habe ich bei mir (*omnia mea mecum sunt* oder *mecum porto*; vgl. S. 39 f.).

Solche anschaulichen Beispiele zeichnen Senecas Stil aus, als Sentenz, wie: »Nicht für das Leben, für die Schule lernen wir« (vgl. S. 135), was ja eigentlich umgekehrt richtig ist, als Anekdote, oder zu einer kleinen Geschichte ausgeweitet, wie oft in seinem Hauptwerk, den Briefen an den Freund Lucilius. Da geht er von Begebenheiten seines täglichen Lebens aus und knüpft eine lehrreiche Betrachtung daran: wie sein Besuch auf dem Landgut, wo er an sein Alter gemahnt wird, die verunglückte Seereise, der wenig erholsame Aufenthalt im Modebad Baiae. Von solchen unterhaltsamen Geschichten angelockt lässt sich der Leser dann auch etwas schwerere Kost gefallen, wie über das Wesen der Philosophie oder über ein Thema, das für Seneca sehr wichtig ist, den Tod, die Todesfurcht, das richtige Sterben. Sicher ist es uns heutigen Lesern unbequem, so oft vom Tod zu hören, wie Seneca das schon von Lucilius vermutet (S. 179), doch sollten wir ihm dankbar sein, wenn er etwas aufgreift, was wir nur zu oft verdrängen. In der Frage, ob der Tod ein Ende oder ein Übergang sei, sind auch wir noch nicht weitergekommen. Wir wollen Seneca gerne zugeben, sich zu freuen sei eine ernste Sache (vgl. S. 72), wie denn überhaupt das Leben »keine Hängematte ist«: *Vivere est militare*, Leben heißt kämpfen. Aber es gehört auch dazu, sich in das zu fügen, das willig, ja aktiv anzunehmen, was als unvermeidlich zu ertragen ist. »Den Willigen führt das Schicksal, den Unwilligen schleppt es mit« (S. 111). »Ich kann, weil ich will, was ich muss«, sagt Immanuel Kant in seinen *Gedanken zum Tag* – vielleicht in Erinnerung an Seneca. Auch Schopenhauer fühlt sich von dieser Auffassung angesprochen.

Die reichste Fülle an Beherzigenswertem und Unterhaltsamem bieten die in der Zeit der Zurückgezogenheit, also 62 bis zu seinem Tod 65 n. Chr., entstandene Sammlung von 124 Briefen über ethische Themen, die *epistulae morales* an Lucilius. Wer war Lucilius, mit dem Seneca sozusagen einen Fernlehrgang Philosophie abhielt? Er war ein etwas jüngerer Freund, mit dem gemeinsam Seneca schon lebensbedrohliche Situationen infolge kaiserlicher Ungnade durchgestanden hatte. Zur Zeit der Korrespondenz ist er Prokurator, ein höherer Verwaltungsbeamter in Sizilien. Er lebt nach den Grundsätzen der Philosophie, ist auf dem besten Wege – ein idealer Schüler, ein Ersatz für den gescheiterten Versuch mit dem inzwischen zum Tyrannen gewordenen kaiserlichen Zögling. Beide profitieren voneinander, wie es bei

Schüler und Lehrer sein soll. Wieweit die Person, die Figur des Lucilius »ideal« und die Korrespondenzsituation real oder fiktiv ist, darüber wurde viel gestritten.[8] Sicher hatte Lucilius nicht alle die Fehler, die Seneca in Briefen an ihn rügt, es war sicher abgesprochen, dass alle in der Tugendordnung wichtigen Themen zur Sprache kämen, doch man sollte sich auch die aktuelle Situation Senecas vorstellen. Er saß nicht, wie heutige Gelehrte, bequem im Lehnstuhl und schrieb ungestört, sondern musste dauernd befürchten, dass die Geheimpolizei Neros an die Tür klopfte, was ja schließlich auch geschah. Dann hatte er damit zu rechnen, dass, wie öfter schon in solchen Fällen, mit ihm auch seine Schriften den Untergang fanden. Wenn Tigellinus, der Chef der Geheimpolizei, sie untersucht hätte – was hätte er da stirnrunzelnd gelesen? Eine völlige Umwertung der Werte: Der Triumphzug, die glänzendste Repräsentation des Reiches, wird von einem dieser Lumpenphilosophen als der letzte Dreck bezeichnet, und der Ex-Minister findet das noch gut! Mord und Totschlag im Privaten werden geahndet – wieso ist Völkermord, von Männern im Feldherrnmantel verübt, eine lobenswerte Tat? Dann: Sklaven sind auch Menschen, man soll

8 Vgl. u.a. P. Grimal, *Seneca. Macht und Ohnmacht des Geistes*, Darmstadt 1978, S. 315–327; G. Maurach, *Seneca. Leben und Werk*, Darmstadt 1991, S. 157 ff.; B. Schönegg, *Senecas »epistulae morales« als philosophisches Kunstwerk*, Bern [u.a.] 1999, S. 92 ff.

sie zur Tafel laden, gar als Freunde halten – wohl auch aufwiegeln? Und der Staat, der so verkommen ist, dass sich der Weise aus ihm zurückzieht: Spricht der Autor da von sich selbst? Das römische Reich in seiner gewaltigen Ausdehnung, mit den Heeren, die auf seinen Straßen marschieren: nichts als ein Ameisenhaufen! (vgl. S. 101 f.). Höchst subversive Äußerungen sind das …

Unter diesem Aspekt gewinnen die Person des Lucilius und die Briefsituation mehr an Realität: Sicher hat Seneca jeweils Konvolute von Briefen abgeschickt, die Lucilius in Verwahrung nehmen sollte. Es gab seit der düsteren Spätzeit des Kaisers Tiberius Bücherverbrennungen und »Untergrundliteratur« in Rom.

Eine große Freude wird für Seneca die Arbeit an den *Naturwissenschaftlichen Untersuchungen* gewesen sein, die er zu Ende bringen konnte und die ebenfalls Lucilius gewidmet sind. Er erscheint darin als kompetenter Gesprächspartner für die oft schwierigen naturwissenschaftlichen Fragen. Auch in diesem Werk gibt es wieder »Lesefutter«, wie zu einem Lieblingsthema Senecas, der Invektive gegen Luxus und Habgier. Wie kommt es zur Bildung von Schnee – gut, das sollte man wissen, aber es ist doch viel entscheidender, gegen diese Typen zu wettern, die da im Sommer Schnee brauchen, um Getränke in ihren sowieso schon verkorksten Magen hinunterzuspülen.

Das Columbus-Denkmal auf der Plaza Colon in Madrid mit einem Zitat aus Senecas *Medea*

Die Kritik traf freilich auch den Kaiser, der stolz war auf einen geeisten »Nero-Cocktail«. Und wer außer Seneca kommt auf die Idee, erst die Entstehung von Luftbewegungen und Winden zu beschreiben und dann heftige Kritik daran zu üben, dass die Menschen die Winde auf See – statt für den Austausch von Gütern oder zum gegenseitigen Kennenlernen – nur dazu benutzen, um mit ihren Schiffen Kriegsmaterial an die entferntesten Küsten zu schaffen und die dortigen Völker zu überfallen (vgl. S. 126 ff.). Die Natur habe sich schon ergeben, sagt er in seiner Tragödie *Medea*, Land und Meer würden immer weiter in Besitz genommen: Bald werde Thule, die sagenhafte Insel im Norden, nicht mehr das äußerste Land sein (vgl. S. 128). Ganz optimistisch las Columbus diese Verse und beschloss, neue »äußerste Länder« zu suchen (vgl. Abb. S. 24). Die Kriegsflotten sollten ihm bald folgen.

Für Seneca kam das Ende, wie er es erwartet hatte. Eine aufgedeckte Verschwörung bot Nero die Gelegenheit zu einer Säuberungswelle. Seneca, der nicht aktiv beteiligt, aber unbestreitbar ein Sympathisant war, erhielt den Todesbefehl, in der gnädigen Form des arbitrium mortis: Der Delinquent durfte zu Hause Selbstmord begehen. Man konnte erwarten, dass in diesem Fall das Testament respektiert wurde und die Erben ungeschoren blieben. Seneca starb würdig, so wie er es von sich selbst gefordert hatte.[9] Als die Schergen ihm verboten, sein Testament den anwesenden Freunden zu übergeben, erklärte er, er hinterlasse ihnen das Wertvollste, was er habe, das Bild seines Lebens, *imago vitae*. Hierzu gehören seine Schriften, die bis heute Anregung und auch Vergnügen versprechen, das freilich, wie er selbst sagte, eine ernste Sache sei.

9 Vgl. S. 69 f.; 158 f. sowie M. Giebel, *Seneca*, Reinbek bei Hamburg 1997 ([7]2012), S. 120–126.

Seneca im Chorgestühl des Ulmer Münsters (1469–1474)

I

Sich selbst gehören, die Zeit nutzen

An Lucilius

So mach es, mein Lucilius: Nimm dein Leben für dich selbst in die Hand. Und die Zeit, die man dir bisher entweder weggenommen oder heimlich entwendet hat oder die einfach zwischen den Fingern zerrann, die halte zusammen und bewahre sie. Du kannst überzeugt sein, es ist so, wie ich schreibe: Manche Zeit wird uns entrissen, manche gestohlen, manche verrinnt einfach. Am beschämendsten ist freilich der Verlust aufgrund von Nachlässigkeit. Und achte doch einmal darauf: Der größte Teil des Lebens geht dahin, während wir etwas Schlechtes tun, ein großer Teil, während wir gar nichts tun, das ganze Leben, während wir irgendetwas Belangloses tun. Wen kannst du mir zeigen, der der Zeit irgendeinen Wert zumisst, der jeden einzelnen Tag zu schätzen weiß, der sich bewusst ist, dass er täglich stirbt? Denn darin täuschen wir uns, dass wir den Tod in weiter Ferne vor uns sehen; ein großer Teil davon ist bereits vorbei. Was immer an Lebenszeit hinter uns liegt, das hat der Tod in Besitz. Tu also das, mein Lucilius, was du, wie du schreibst, bereits tust: Halte alle Stunden fest! So wirst du weniger vom Morgen abhängig sein, wenn du auf das Heute die Hand gelegt hast. Während man das Leben aufschiebt, eilt es uns davon. Alles, Lucilius, ist fremdes Eigentum, die Zeit allein gehört uns. In den Besitz dieses einen flüchtigen und unsicheren Gutes hat uns die Natur eingesetzt, und daraus verdrängt uns jeder, der will.

Und so töricht sind die Menschen: Ihre Landgüter lassen sie von niemandem in Besitz nehmen, und wenn der geringste Streit über den Grenzverlauf aufkommt, rennen sie nach Steinen und Waffen. In ihr eigenes Leben aber lassen sie andere eindringen, ja sie führen sogar die künftigen Mitbesitzer selbst ein. Niemand findet sich, der sein Geld austeilen will, sein Leben aber – an wie viele verteilt es jeder! Knauserig sind sie, wenn es gilt, das ererbte Vermögen zusammenzuhalten, steht aber die Zeit auf dem Spiel, dann sind sie die größten Verschwender bei dem, worin doch einzig und allein Geiz eine Tugend wäre.

Wie ist es also: Ihr lebt so, als lebtet ihr ewig; niemals kommt euch eure Hinfälligkeit in den Sinn, nie achtet ihr darauf, wie viel Zeit schon vergangen ist. Als ob ihr sie in Fülle und im Übermaß hättet, verschwendet ihr sie. Dabei ist doch vielleicht gerade der Tag, den ihr für irgendeinen Menschen oder irgendeine Sache dahinschenkt, der letzte Tag. Alles fürchtet ihr wie Sterbliche, alles wollt ihr aber haben wie Unsterbliche. »Von meinem fünfzigsten Lebensjahr an will ich mich ins Privatleben zurückziehen, das sechzigste wird mich von allen Verpflichtungen entbinden.« Doch wer bürgt dir schließlich dafür, dass du so lange lebst? Wer wird es gestatten, dass alles so verläuft, wie du es dir einteilst? Schämst du dich nicht, nur die kümmerlichen Reste deines Lebens für dich zu behalten und für sinnvolle geistige Beschäftigung nur die Zeit zu bestimmen, die für kein anderes Geschäft mehr taugt? Es ist doch reichlich spät, erst dann mit dem Leben zu beginnen, wenn man es schon bald beenden muss! Und wie unvernünftig ist es, seine Sterblichkeit so weit zu vergessen, dass man gute Vorsätze auf das fünfzigste und sechzigste Lebensjahr verschiebt und erst in einem Alter zu leben beginnt, das nur wenige erreichen!

Ich wundere mich immer wieder, wenn ich sehe, wie manche die Zeit anderer beanspruchen und wie die sich allzu bereitwillig darauf einlassen. Beide Seiten sehen auf das, weswegen die Zeit beansprucht wird, auf die Zeit selber achtet keiner. Da wird sozusagen nichts gefordert und nichts gegeben. Mit der allerkostbarsten Sache der Welt geht man um wie mit einem Spielzeug. Das entgeht ihnen aber, weil diese Sache ja etwas Unkörperliches ist, weil man sie mit dem Auge nicht sehen kann, deshalb schätzt man sie so gering ein, ja sie hat praktisch überhaupt keinen Wert. Jahresgehälter und Geldspenden nehmen die Menschen nur zu gerne an, und dafür geben sie ihre Arbeitskraft, Mühe und Hingabe drein, aber niemand schätzt die Zeit. Viel zu gleichgültig geht man mit ihr um, als hätte man sie umsonst. Aber schau dir nur die gleichen Leute an, wenn die Todesgefahr näher rückt. Da fallen sie den Ärzten zu Füßen, oder wenn sie vor dem Todesurteil beben: Alles, was sie haben, wollen sie gerne hingeben, nur um am Leben zu bleiben! Was für Widersprüche in ihren Gefühlen! Könnte man so wie die Zahl der vergangenen Jahre auch die Zahl der künftigen bei jedem bestimmen, wie würden dann diejenigen, die nur noch wenige übrig sähen, vor Angst zittern, wie sparsam würden sie mit ihnen umgehen! Nun ist es aber leicht, eine auch geringe Menge einzuteilen, von der man weiß, wie viel es ist. Das aber muss man noch viel sorgfältiger hüten, von dem man nicht weiß, wann es zu Ende geht.

Das größte Hindernis im Leben ist die Erwartung, die uns an das Morgen bindet und uns das Heute verlieren lässt. Was in der Hand des Schicksals liegt, darüber willst du verfügen; was du selbst in der Hand hast, das lässt du los. Wonach hältst du Ausschau, worauf richtest du deine Hoffnungen? Alles, was noch kommt, liegt im Ungewissen: Jetzt sollst du leben!

An Lucilius

Wenn es dir gut geht und du dich für wert hältst, irgendwann einmal dir selbst zu gehören, so soll mich das freuen. Denn mein Ruhm wird es sein, wenn ich dich aus den Wogen, auf denen du da ohne Hoffnung auf Entkommen treibst, herausziehe. Um das eine aber bitte ich dich inständig, mein Lucilius, dass du die Philosophie tief in dein Herz eindringen lässt und dass du zum Maßstab für deinen Fortschritt nicht das nimmst, was du sagst oder schreibst, sondern wie sich dein Geist festigt und deine Begierden nachlassen. Bestätige deine Worte durch die Tat.

Ein anderes Ziel haben Leute, die Reden halten und auf den Beifall ihrer Zuhörer aus sind, oder die die Ohren von unreifen jungen Leuten oder Müßiggängern durch Disputieren über alle möglichen Themen oder ihre Redegewandtheit fesseln wollen. Handeln lehrt die Philosophie, nicht reden! Und das fordert sie: Jeder soll nach seinen Grundsätzen leben, Leben und Lehre sollen sich nicht widersprechen, das Leben soll nicht in sich widersprüchlich sein, sondern eine einheitliche Linie aufweisen. Das ist die Hauptaufgabe der Weisheit und ihr untrügliches

Kennzeichen, dass Worte und Taten übereinstimmen und der Mensch sich immer und überall gleich bleibt.

Wer wird das fertigbringen? Nur wenige, aber doch zumindest einige. Es ist allerdings schwer, und ich behaupte nicht, der Jünger der Philosophie werde stets mit gleichem Schritt vorankommen, aber doch auf dem gleichen Weg.

Achte daher einmal auf dich, ob zwischen dem Aufwand für deine Kleidung und dem für dein Hauswesen kein Widerspruch besteht, ob du etwa dir gegenüber großzügig, den Deinen gegenüber aber knauserig bist, ob du bescheiden beim Essen bist, aber verschwenderisch baust. Ein so widersprüchliches Verhalten ist ein Fehler und das Merkmal eines schwankenden Charakters, der noch nicht seine gleichmäßige Haltung gefunden hat. Wähle dir ein für allemal eine Lebensregel und richte dein ganzes Dasein danach aus.

An Lucilius

Arbeiten wir darauf hin, dass all unsere Zeit uns gehört. Das wird aber nicht der Fall sein, wenn wir nicht vorher unser Bestreben darauf richten, uns selbst zu gehören.

II

Was sagen die Weisen?

Das Leben des Weisen erstreckt sich über einen weiten Raum, ihn schließen nicht die gleichen Grenzen ein wie die anderen. Er allein ist frei von den Zwängen der menschlichen Natur.

An Lucilius

Ich erinnere mich, dass [mein Lehrer] Attalus unter großem Beifall aller folgendes sagte: »Lange habe ich mir vom Reichtum imponieren lassen. Gestaunt habe ich, wenn etwas davon hier und da aufglänzte. Ich glaubte, das, was sich dahinter verbarg, müsse ebenso sein wie das, was zur Schau gestellt wurde. Aber bei irgendeinem öffentlichen Festzug sah ich die gesamten Schätze der Stadt, kunstvolle Arbeiten aus Gold und Silber und dem, was den Wert von Gold und Silber noch übertraf, ausgesuchte Farben und Stoffe, herbeigeschafft nicht nur aus Ländern jenseits unserer Grenzen, sondern noch jenseits der Grenzen unserer Feinde [Seide aus China], hier Gruppen von Knaben, auffallend durch ihre Tracht und ihre Schönheit, da ebensolche Scharen von Frauen und andere Kostbarkeiten, die das Reich in seiner höchsten Blüte bei der Musterung seiner Schätze aufgeboten hatte. Was bedeutet das anders, sagte ich, als die an sich schon regen Begierden der Menschen aufzustacheln? Was soll dieses Hofieren von Geld und Gut? Sind wir zusammengekommen, um Habsucht zu lernen? Aber wahrhaftig, ich nehme von hier weniger Begehrlichkeit mit, als ich hergebracht habe. Ich habe den Reichtum zu verachten gelernt, nicht weil er überflüssig, sondern weil er kümmerlich ist. Hast du gesehen, wie innerhalb weniger Stunden der ganze Zug, obgleich langsam und geordnet, vorüber war? Soll das unser ganzes Leben in Anspruch nehmen, was nicht einmal einen ganzen Tag in Anspruch nahm? Dazu kam noch etwas: All dieser Reichtum schien mir für die Besitzer ebenso überflüssig zu sein wie für die Zuschauer.

So sage ich mir denn jedes Mal, wenn ein derartiges Schauspiel meine Augen blendet, sooft ich ein prächtiges Haus erblicke, eine aufgeputzte Schar von Sklaven, eine von stattlichen Männern getragene Sänfte: Was bewunderst du da, was staunst du? Es ist nur ein prunkvoller Aufzug. Schaustücke sind das, kein Besitz, und während man sie angafft, ziehen sie vorüber. Wende dich lieber wahrem Reichtum zu. Lerne mit wenigem zufrieden zu sein und rufe frohgemut das bekannte Wort [Epikurs] aus: Wir haben Wasser, wir haben Gerstenbrei, mit Jupiter selbst können wir an Glück wetteifern!«

Dies sagte Attalus zu uns, die Natur sagt es zu allen. Wenn du dir vornimmst, darüber immer wieder nachzudenken, dann wirst du es erreichen, glücklich zu sein, nicht zu scheinen, und zwar bei dir selbst, nicht bei den anderen.

An Lucilius

Man darf bei seinen Studien nicht wahllos etwas herausgreifen, aber sich auch nicht gierig auf das Ganze stürzen. Schritt für Schritt muss man vorgehen, um zum Ganzen zu gelangen. Die Last muss immer unseren Kräften angemessen sein. Nicht wie viel du willst, sondern wie viel du fassen kannst, musst du aufnehmen. Aber hab nur guten Mut: Du wirst schon so viel bekommen, wie du willst. Je mehr der Geist aufnimmt, desto mehr weitet er sich.

Das hat uns Attalus gelehrt, daran erinnere ich mich, damals als wir ihn bei seiner Vorlesung belagerten. Wir kamen als erste und gingen als letzte und forderten ihn sogar beim Auf- und Abgehen zu irgendwelchen Disputationen auf. Und er ging nicht nur bereitwillig auf die Schüler ein, sondern kam ihnen entgegen. Er sagte: Der Lehrende und der Lernende müssen das gleiche Ziel haben. Wie der eine voranbringen will, so will der andere vorankommen. Wer zu einem Philosophen kommt, soll täglich etwas Gutes mitnehmen. Entweder soll er gesünder oder doch mit Aussicht auf Gesundung nach Hause ge-

Doppelherme mit einem Porträt Senecas auf der einen und einem des Sokrates auf der – hier nicht zu sehenden – Gegenseite.

hen. Das wird auch so sein. Darauf beruht ja die Heilkraft der Philosophie, dass sie nicht nur ihre engagierten Schüler, sondern auch die Zaungäste fördert. Wer in die Sonne geht, nimmt Farbe an, auch wenn er nicht die Absicht hat. Wer sich in einem Parfümladen ein Weilchen niedergelassen hat, nimmt den Duft des Raumes mit sich, und diejenigen, die einen Philosophen besuchen, nehmen zwangsläufig etwas mit, was sie fördert, auch wenn sie sich nicht eingehend darum kümmern.

An Lucilius

Mir kommt unser Demetrius in den Sinn, der ein Leben, sorgenfrei und ohne irgendwelche Angriffe des Schicksals, ein totes Meer nennt. Nichts zu haben, zu dem du dich ermutigst, zu dem du dich anspornst, bei dessen Ankündigung und Ansturm du die Festigkeit deines Geistes erproben kannst, sondern in ungestörter Muße dazuliegen, das ist nicht Ruhe – Flaute ist es.

An Lucilius

Schwindler sind die Leute, die sich vormachen, an geistiger Beschäftigung hinderten sie ihre zahllosen Verpflichtungen. Sie täuschen Beschäftigungen vor, übertreiben sie und gehen in ihren Beschäftigungen auf. Ich habe freie Zeit, Lucilius, ich habe freie Zeit, und wo ich auch bin, da gehöre ich mir selbst. Ich liefere mich den Alltagsgeschäften nicht aus, sondern widme mich ihnen und suche nicht nach Anlässen, um Zeit zu vergeuden. Und an jedem Platz, wo ich gerade bin, mache ich mir Gedanken und erwäge, was mir heilsam sein kann. Wenn ich mich Freunden gewidmet habe, werde ich mir dennoch nicht untreu, und ich halte mich nicht lange mit solchen auf, mit denen mich nur irgendein Anlass zusammengebracht hat oder ein Grund, der sich aus einer politischen Verpflichtung ergab – ich bin vielmehr gerade mit den Besten beisammen, zu ihnen, gleich an welchem Ort, in welchem Jahrhundert sie gelebt haben, schicke ich meine Gedanken. Den Demetrius, diesen vortrefflichen Mann, habe ich bei mir, und ich lasse die Herren in ihren Purpurgewändern stehen und mit diesem Halbnackten unterhalte ich mich, ihn bewundere ich. Warum soll ich ihn nicht bewundern? Ich sehe, dass ihm nichts fehlt. Geringachten kann einer alles, alles besitzen kann keiner. Der kürzeste Weg zum Reichtum führt über dessen Geringschätzung. Unser Demetrius aber lebt so, nicht als habe er alles verachtet, sondern als habe er es anderen zum Besitz überlassen.

Nur die widmen sich, so meinen wir, den rechten Verpflichtungen, die sozusagen täglich mit Zenon, mit Pythagoras, Demokrit und den übrigen Größen der Wissenschaft, wie Aristoteles und Theophrast, möglichst vertrauten Umgang haben wollen. Jeder von ihnen hat Zeit, jeder wird den, der zu ihm kommt, empfangen und ihn glücklicher und als einen noch besseren Freund seiner selbst entlassen. Keiner wird einen mit leeren Händen von sich gehen lassen. Bei Tag wie bei Nacht kann jeder bei ihnen Zutritt finden.

Da die Natur es uns gestattet, in jede Epoche einzutreten, warum sollten wir uns da nicht von unserer kurzlebigen Augenblicksexistenz weg- und mit ganzer Seele dem zuwenden, was unermesslich, was ewig ist, was uns mit Besseren in Verbindung bringt?

An Lucilius

Das höchste Gut sucht keine Hilfsmittel außerhalb; im Innern wird es gepflegt, es besteht ganz aus sich selbst. Dem Schicksal wird man untertan, wenn man ein Teil seiner selbst anderswo sucht. So wird der Weise jedes Gut auf sein Inneres beschränken und das sagen, was der Philosoph Stilpon gesagt hat. Dieser hatte bei der Eroberung seiner Stadt Megara seine Kinder verloren, seine Frau verloren, und als er aus Feuer und Brand allein und doch glücklich entkommen war, fragte ihn der siegreiche Feldherr Demetrios, der wegen der Vernichtung von Städten den Namen Poliorketes, Städtebelagerer, führte, ob er etwas verloren habe. Stilpon antwortete: »All mein Gut habe ich bei mir.« Da siehst du: ein tapferer und aufrechter Mann – den Sieg des Feindes selbst hat er besiegt. »Nichts«, sagte er, »habe ich verloren.« Er hat ihn gezwungen zu zweifeln, ob er wirklich gesiegt habe. »Alles meinige habe ich bei mir.« Gerechtigkeit, Tugend, Klugheit, ebendas, nichts für ein Gut zu halten, was geraubt werden kann. Wir bewundern manche Tiere, die mitten durchs Feuer gehen, ohne Schaden zu nehmen. Um wie viel bewundernswerter ist hier dieser Mann, der durch Feuer und Schwert und Zusammenbruch unverletzt und ohne Schaden entkommen ist! Du siehst, wie viel leichter es ist, eine ganze Stadtbevölkerung zu besiegen als einen einzigen Mann. Diese Gesinnung hat Stilpon mit dem stoischen Weisen gemeinsam. Gleichermaßen trägt auch dieser sein Hab und Gut unversehrt durch eingeäscherte Städte. Sich selbst ist er nämlich genug, damit steckt er die Grenzen seines Glückes ab.

An Lucilius

Du fragst, wie man sich rasch einen Freund verschaffen kann. Ich nenne dir ein Mittel. Der Philosoph Hekaton sagt: »Ich werde dir einen Liebeszauber zeigen, der ganz ohne Gifttränke, ohne ein Zauberkraut, ohne die Sprüche einer Hexe auskommt: Willst du geliebt werden, so liebe!«

An Lucilius

Beschaffe dir [durch deine Lektüre] täglich etwas zur Hilfe gegen die Armut, gegen den Tod und nicht weniger gegen die sonstigen Übel. Und wenn du vieles durchgelesen hast, dann greife dir eines heraus, was du an diesem Tag »verdaust«. Das mache ich selbst auch; aus mehrerem, was ich gelesen habe, eigne ich mir etwas an. Heute ist es das, worauf ich bei Epikur gestoßen bin – ich begebe mich nämlich auch einmal ins gegnerische Lager, nicht als Deserteur, sondern als Kundschafter. »Eine ehrenwerte Sache«, sagt Epikur, »ist eine fröhliche Armut.« Das ist freilich keine Armut, wenn sie fröhlich ist; nicht wer wenig hat, sondern wer immer mehr haben will, der ist arm.

Auf jeden Fall muss sich unser Geist von allen Äußerlichkeiten lösen und sich in sich selbst zurückziehen, auf sich selbst vertrauen, Freude an sich selbst haben, sein Eigenes wert achten, sich so weit wie möglich von Fremdem zurückhalten, sich auf sein eigenes Selbst hin ausrichten. Verluste darf er nicht schwernehmen, auch Widrigem eine gute Seite abgewinnen. Als ihm ein Schiffbruch gemeldet wurde, hat unser Zenon [der Gründer der Stoa], obwohl er hörte, sein ganzes Hab und Gut sei untergegangen, folgendes erklärt: »Das Schicksal heißt mich, ungehinderter zu philosophieren.«

III

Aus dem Leben lernen

An Lucilius

Was wird man mir nicht noch alles einreden können, da ich mich überreden ließ, eine Seefahrt anzutreten? Bei ruhiger See ließ ich die Anker lichten, aber der Himmel war offensichtlich schon schwer von dunklen Wolken, die gewöhnlich Regen oder Sturm bringen. Dennoch glaubte ich, die paar Meilen von deinem Neapel bis nach Puteoli noch unversehens schaffen zu können, obwohl der Himmel bedenklich und bedrohlich aussah. Daher ließ ich, um desto schneller davonzukommen, den Kurs mitten über die offene See direkt zur Insel Nesis nehmen, um dadurch alle Buchten abzuschneiden. Als ich schon so weit gekommen war, dass es für mich keinen Unterschied machte, ob ich die Fahrt fortsetzte oder umkehrte, da war es erst einmal vorbei mit der ruhigen See, die mich zu meinem Unternehmen verführt hatte. Noch herrschte kein Sturm, aber doch schon unruhige See und gleich darauf höherer Wellengang. Jetzt fing ich an, den Steuermann zu bitten, mich an irgendeiner Küste abzusetzen. Er sagte immer wieder, alle Küsten seien voller Klippen und ohne Ankerplatz, und er fürchte bei Sturm nichts so sehr wie das Land. Ich wurde zu sehr gequält, als dass mir die

Gefahr bewusst geworden wäre: Die Seekrankheit marterte mich nämlich, und zwar die zähe und endlose Art, die die Galle reizt, ohne dass es zum Erbrechen kommt. Ich drängte deshalb den Steuermann und zwang ihn, ob er wollte oder nicht, die Küste anzusteuern. Als wir schon nahe daran waren, warte ich nicht, bis etwas von den üblichen Vorschriften geschieht, wie sie Vergil beschreibt, nämlich den Bug zum Meer hin zu wenden oder den Anker vom Bug herabzuwerfen: Ich denke an meine Schwimmkünste als hartgesottener Kaltwasserfreund und stürze mich ins Meer, wie es sich für einen Kaltbader gehört, nur mit einem Frotteeumhang bekleidet. Was, glaubst du, habe ich ausgestanden, während ich über rauhe Klippen hinaufkletterte, nach einem Weg suchte, mir einen bahnte? Ich verstand nun, dass die Seeleute nicht zu Unrecht das Land fürchten. Unglaublich, was ich ausgehalten habe, obwohl ich mich selbst nicht auf den Füßen halten konnte. Das sollst du wissen: Es war Odysseus nicht vom Schicksal bestimmt, überall im wütenden Meer Schiffbruch zu erleiden: Er wurde leicht seekrank. Auch ich würde, wohin ich auch zu Schiff reisen müsste, erst nach zwanzig Jahren ankommen.

Sobald ich meinen Magen, den, wie du weißt, nicht zugleich mit dem Meer auch die Seekrankheit verlässt, beruhigt, sobald ich meinen Körper durch Salböl erfrischt hatte, fing ich an zu überlegen: Wie leicht vergessen wir doch unsere Schwächen, die körperlichen sogar, die sich doch immer wieder in Erinnerung bringen, und noch viel leichter diejenigen, die, je größer, desto mehr verborgen sind. Ein leichter Fieberanfall täuscht uns noch, doch wenn er stärker geworden ist und ein richtiges Fieber ausbricht, dann nötigt es auch einem Abgehärteten, der etwas aushält, das Geständnis ab, er sei wirklich krank. Die Füße schmerzen, man spürt Stiche in den Gelenken, noch wollen wir's nicht wahrhaben, sagen, wir hätten uns den Knöchel verrenkt oder uns bei einer sportlichen Übung überanstrengt. Solange die Krankheit noch unklar und erst im Anfangsstadium ist, sucht man irgendeinen Namen dafür; sobald sie aber die Knöchel immer mehr anschwellen lässt und beide Füße versteift, muss man es sich eingestehen: Es ist die Gicht.

Umgekehrt ist es bei den Erkrankungen, von denen die Seele befallen wird. Je übler es einem geht, desto weniger spürt man davon. Darüber brauchst du dich nicht zu wundern, mein lieber Lucilius: Wer einen leichten Schlaf hat, der hat gleich nach dem Einschlafen Träume und denkt beim Schlafen manchmal, dass er schläft und träumt. Ein tiefer Schlaf aber löscht auch die Träume aus und lässt die Seele zu tief versinken, als dass sie noch irgendein Bewusstsein von sich selbst haben könnte. Weshalb gesteht niemand seine Fehler ein? Weil er auch jetzt noch in ihnen befangen ist. Einen Traum erzählen kann nur der Wache, und es ist ein Zeichen von seelischer Gesundung, wenn man seine Fehler eingestehen kann. Erwachen wir also, um unsere Irrtümer aufzudecken.

An Lucilius

Es soll mich doch der Schlag treffen, wenn Stille, wie man meint, wirklich so notwendig ist für jemand, der sich in seine Studien vertieft. Schau doch, von allen Seiten tönt um mich herum aller möglicher Lärm: direkt über einer Badeanlage wohne ich nämlich. Stell dir nun Geräusche aller Art vor, die einen dazu bringen können, seine Ohren zu verfluchen. Wenn Kraftmeier trainieren und an den Händen schwere Bleigewichte schwingen, wenn sie sich verausgaben oder so tun, als verausgabten sie sich, dann höre ich ihr Stöhnen, und wenn sie den angehaltenen Atem wieder ausstoßen, ein Zischen und ein ganz gepresstes Atmen. Gerate ich aber an einen Faulen, der mit dem gewöhnlichen Einsalben und Massieren zufrieden ist, dann höre ich das Klatschen der Hand des Masseurs, der auf die Schultern schlägt; je nachdem sie flach oder hohl aufschlägt, ändert sich der Ton. Kommt aber ein Ballspieler dazu und fängt an, die Bälle zu zählen, dann ist's aus. Nimm noch einen Streithammel dazu, einen ertappten Dieb und einen, der sich gerne im Bad singen hört, und dazu noch die Leute, die mit einem gewaltigen Platschen ins laut aufspritzende Wasser des Schwimmbeckens springen. Außer diesen Typen, deren Stimmen wenigstens, vom Lärm abgesehen, normal sind, musst du dir noch einen Haarauszupfer vorstellen, der seine dünne und schrille Stimme, um sich besser bemerkbar zu machen, ununterbrochen ertönen lässt und niemals schweigt, außer wenn er Achselhaare auszupft und einen anderen an seiner Stelle zu schreien zwingt. Schon höre ich einen Getränkeverkäufer seine verschiedenen Angebote ausrufen, einen Wursthändler und Zuckerbäcker und sämtliche Wirte von Imbissbuden, die ihre Ware in jeweils eigener charakteristischer Tonart anbieten.

»Also du musst entweder aus Eisen oder taub sein«, sagst du, »wenn du mitten in einem solchen Wust von misstönendem Geschrei noch bei Verstand bist, während unseren Freund Chrysippos schon die ständigen Morgenvisiten an den Rand des Grabes bringen.« Aber wahrhaftig, ich kümmere mich um diesen Lärm nicht mehr als um das Tosen eines Wasserfalls, wenn ich auch gehört habe, es sei für irgendein Volk der einzige Grund gewesen, seine Stadt zu verlegen, weil es das Brausen der herabstürzenden Wassermassen des Nilkataraktes nicht ertragen konnte.

Mehr, scheint mir, stört eine einzelne Stimme als beständiger Lärm; sie lenkt nämlich den Geist ab, während der Lärm nur die Ohren füllt und quält. Zu den Geräuschen, die mich ohne Ablenkung umtönen, zähle ich vorbeirollende Wagen, einen Schmied im Haus und einen sägenden Nachbarn und einen, der seine Trompeten und Flöten ausprobiert und keine Musik macht, sondern Krach. Außerdem ist mir ein Ton unangenehmer, der immer wieder unterbrochen wird, als einer, der beständig ertönt. Aber ich habe mich schon so gegen all dies abgehärtet, dass ich sogar einen Rudermeister hören kann, der mit gellender Stimme den Ruderern den Takt angibt. Ich zwinge meinen Geist nämlich, sich auf sich selbst zu konzentrieren und sich nicht von Äußerem ablenken zu lassen. Alles mag draußen von Lärm widerhallen, wenn nur im Innern kein Aufruhr herrscht, wenn nur Begierde und Furcht nicht im Widerstreit liegen, wenn nur Habgier und Genusssucht nicht uneins sind und sich nicht die eine gegenüber der anderen durchsetzen will. Denn was nützt die Stille in der ganzen Umgebung, wenn die Leidenschaften toben?

Dann erst, das sollst du wissen, bist du zur inneren Ruhe gekommen, wenn kein Lärm dich mehr erreicht, wenn keine Stimme dich mehr aus der Fassung bringt, mag sie schmeicheln, mag sie drohen oder mit leerem Schall dir die Ohren vollschreien. »Was also? Ist es nicht ab und zu bequemer, auf den ganzen Lärm zu verzichten?« Ich geb's zu, deshalb werde ich mich aus diesem Ort davonmachen. Ich wollte mich erproben und üben – doch wozu ist es nötig, sich länger zu quälen, da doch Odysseus für seine Gefährten ein so leichtes Heilmittel sogar gegen die Sirenen gefunden hat [nämlich Wachs in die Ohren zu stopfen]?

An Lucilius

Als ich von Baiae nach Neapel zurückkehren musste, ließ ich mich leicht überzeugen, es gäbe stürmisches Wetter, um nicht wieder den Versuch mit einer Schiffsreise zu machen. Und doch war der ganze Weg so voll von Schlamm, dass ich meinen konnte, ich sei auf dem Meer unterwegs gewesen. Alles, was Athleten auf sich zu nehmen haben, musste ich an diesem Tag ausstehen: Nach der »Salbung« mit Schlamm empfing uns die »Abreibung« mit Sand im Tunnel von Neapel. Nichts ist länger als dieser Kergang, nichts trüber als diese Fackeln, die uns nicht durch die Dunkelheit sehen lassen, sondern nichts als sie selbst. Im übrigen würde, auch wenn der Ort Licht hätte, alles geschluckt vom Staub – auch in offenem Gelände eine beschwerliche und lästige Sache, erst recht dort, wo er überall herumwirbelt und ohne Entlüftungsmöglichkeit eingeschlossen, wieder auf die zurückfällt, die ihn aufgewirbelt haben. Zwei gegensätzliche Übel haben wir zugleich ertragen: Auf derselben Reise, am selben Tag haben wir uns sowohl mit Schlamm als auch mit Staub herumgeplagt.

Dennoch hat mir diese Dunkelheit etwas zum Nachdenken geboten: Das Erlebnis hat einen starken

Eindruck in mir hinterlassen, und ich spürte, ganz ohne Furcht, eine Veränderung in mir, ausgelöst durch das Neue dieser ungewohnten und abschreckenden Situation.

Ich habe also wie gesagt eine Art nicht von Verwirrung, aber doch von Veränderung gespürt. Beim ersten Anblick des neugeschenkten Tageslichts kam mir meine muntere Stimmung wieder, ohne langes Überlegen und ganz ungezwungen.

Darauf begann ich ein Gespräch mit mir selbst, wie töricht wir manches mehr oder weniger fürchten, obwohl doch das Ende jeweils das gleiche ist. Was macht es denn für einen Unterschied, ob über jemandem ein Grabstein in Form eines Wächterhäuschens zusammenstürzt oder ein ganzer Berg? Du wirst keinen Unterschied finden. Dennoch wird es Menschen geben, die einen Bergsturz mehr fürchten, mag auch beides gleich todbringend sein. So sehr blickt die Furcht nicht auf das Ende, sondern auf das, was es herbeiführt.

An Lucilius

Dir allein sei das passiert, meinst du, und wunderst dich darüber als über etwas Unerhörtes: dass du nämlich auf einer so weiten Reise und bei so häufigem Ortswechsel deine trübe Stimmung und deine Niedergeschlagenheit nicht abschütteln konntest. Deine innere Einstellung musst du ändern, nicht den Himmelsstrich. Zu einem, der sich ebenso beklagte, sagte Sokrates: »Was wunderst du dich, dass dir deine Reisen nichts bringen, da du doch dich selber mit herumschleppst? Es bedrückt dich der gleiche Gemütszustand, der dich fortgetrieben hat.« Was kann es dir helfen, neue Länder zu sehen, was, berühmte Städte und Orte kennenzulernen? Umsonst ist dieses ganze Hin und Her. Du fragst, warum dir diese deine Flucht nichts hilft? Du fliehst ja mit dir! Die Last, die auf deiner Seele liegt, musst du loswerden, nicht eher wird dir irgendeine Gegend gefallen. Du wanderst hin und her, um die drückende Last abzuschütteln, die aber eben durch diese Rastlosigkeit immer unbequemer wird. Es ist wie in einem Schiff, wo die festverstaute Ladung weniger Druck ausübt, wenn sie aber ungleich und locker verteilt ist, drückt sie das Schiff auf der Seite, wo sie hinrutscht, rasch unter Wasser. Was du auch immer tust, das tust du gegen dich und schadest dir selbst durch dein Hin und Her: Du rüttelst und schüttelst ja einen Kranken. Wenn du aber dieses Übel losgeworden bist, dann wird dir jede Ortsveränderung guttun, magst du bis ans Ende der Welt verschlagen oder in den letzten Winkel im Barbarenland versetzt werden – es wird für dich ein gastlicher Ort sein, mag er aussehen, wie er will. Es kommt mehr darauf an, als wer du kommst, als wohin du kommst, und deshalb dürfen wir an keinem Ort mit Leib und Seele hängen. In der Überzeugung soll man leben: »Nicht für einen Erdenwinkel bin ich geboren, meine Heimat ist die ganze Welt.« Wenn dir das klar wäre, würdest du dich nicht wundern, dass dir die abwechslungsreichen Gegenden nichts bringen, die du eine nach der andern aufsuchst, weil du die früheren schon leid bist. Die erste beste hätte dir nämlich schon zugesagt, wenn du sie ganz für die deine hieltest. Nun aber reist du nicht, sondern irrst herum, lässt dich treiben und wechselst einen Ort nach dem andern. Dabei ist doch das, was du suchst, nämlich ein glückliches Leben, an jedem Ort zu finden.

An Lucilius

Meine derzeitige Reise hat mich darüber belehrt, wie viel Überflüssiges wir haben und wie leicht wir bei vernünftigem Überlegen so manches weglassen können, was wir, wenn es einmal zwangsweise verschwindet, gar nicht als Verlust empfinden. Mit ganz wenigen Sklaven, wie sie eben nur auf einem einzigen Gefährt Platz haben, ohne irgendwelches Gepäck bis auf das, was wir auf dem Leibe tragen, führen mein Freund Maximus und ich schon zwei Tage lang ein ausgesprochen glückliches Leben. Eine Matratze liegt auf dem Boden des Wagens, ich auf der Matratze, von zwei Reisemänteln ist der eine zur Unterlage, der andere zur Decke geworden. Vom Frühstück hätte man nichts wegnehmen können, im Nu war es fertig, nirgends [bin ich] ohne Feigen, niemals ohne Schreibtafel; die Feigen dienen, wenn ich Brot habe, als Beilage, wenn nicht, ersetzen sie das Brot. Als übliche Neujahrsgeschenke machen sie mir jeden Tag zum Beginn eines neuen Jahres, das ich glückbringend sein lasse durch gute Gedanken und einen Aufschwung der Seele, die niemals mehr ins Weite geht, als wenn sie Fremdes abgelegt und sich Frieden geschaffen hat, indem sie nichts fürchtet, die sich Reichtum geschaffen hat, indem sie nichts begehrt.

Das Fahrzeug, in das ich gestiegen bin, ist ein Bauernwagen; dass die Maultiere noch leben, beweisen sie durch gemächlichen Schritt, der Maultiertreiber geht barfuß, nicht nur wegen der Sommerhitze. Kaum bringe ich es über mich, dieses Fahrzeug offen als mein Eigentum sehen zu lassen, es besteht immer noch diese falsche Scham vor dem Richtigen, und sooft wir einer vornehmeren Reisegesellschaft begegnen, werde ich unwillkürlich rot. Das ist der Beweis: Was ich billige, was ich lobe, hat noch keinen sicheren und festen Platz in meinem Innern. Wer wegen eines armseligen Fahrzeugs rot wird, der möchte sich einer kostbaren Kutsche rühmen. Zu wenig bin ich noch bis heute vorangekommen, noch getraue ich mich nicht, ein einfaches Leben in der Öffentlichkeit zu dokumentieren, auch jetzt kümmere ich mich noch um die Meinung von Leuten, die mir auf der Straße begegnen.

Dabei müsste man doch gegen die Meinungen der

ganzen Menschheit seine Stimme erheben: Verrückt seid ihr, in die Irre geht ihr, staunt Überflüssiges an, schätzt niemand nach seinem eigenen Wert ein. Wenn es ums Vermögen geht, dann seid ihr sehr sorgfältige Rechner und verbucht alles genau bei einzelnen Leuten, denen ihr Geld entweder als ein Darlehen oder als eine Wohltat zuwenden wollt (auch Wohltaten verbucht ihr schon als Ausgaben): Der Betreffende hat ausgedehnten Grundbesitz, aber viele Schulden; er besitzt ein prächtiges Haus, aber mit geliehenem Geld erbaut; niemand wird so schnell eine solch ansehnliche Dienerschaft vorweisen können, aber er kommt seinen Schuldforderungen nicht nach; wenn er seine Gläubiger ausbezahlt hat, bleibt ihm selbst nichts übrig. Das Gleiche müsst ihr doch auch bei den übrigen Dingen machen und genau prüfen, was jeder an Eigenem hat. Du hältst da einen für reich, weil er auch auf Reisen goldenen Hausrat dabeihat, weil er in sämtlichen Provinzen Ackerland besitzt, weil er ein großes Zinsbuch wälzt, weil er so viel Land in der Umgebung Roms besitzt, wie man es sogar in den öden Gegenden Apuliens nicht neidlos besitzen könnte: Wenn du alles aufgelistet hast, stellt sich heraus, dass er arm ist. Wieso? Weil er Schulden hat. »Wie viel?«, fragst du. Alles sind Schulden, es sei denn, du hältst es für einen Unterschied, ob einer bei einem Menschen oder beim Schicksal eine Anleihe aufgenommen hat.

Was kommt es an auf wohlgenährte Maultiere, alle

in der gleichen Farbe? Was auf die kunstvoll verzierten Wagen hier? Was braucht man Pferde, wie sie Vergil beschreibt [Aen. 7,277 ff.], mit bestickten Decken, goldenem Zaumzeug und goldenen Gebissstangen – Derartiges kann weder den Herrn besser machen noch das Pferd.

Marcus Cato der Zensor – der ebenso zum Wohl des Staates geboren wurde wie Scipio: Der eine führte nämlich Krieg mit unseren Feinden, der andere mit unseren Sitten – dieser Cato also ritt immer auf einem einfachen Gaul, dem zudem noch Packtaschen aufgeladen waren, um das Nötige dabeizuhaben. Ach wie sehr wünschte ich mir, dass ihm jetzt unterwegs einer von diesen feinen Bürschchen begegnete, einer von diesen Reichen, einer, der Vorläufer, numidische Reiter und eine gewaltige Staubwolke vor sich herjagt! Der würde zweifellos kultivierter und in passenderer Begleitung daherkommen als unser Cato. Und der Bursche würde sich inmitten seiner Luxusausstattung wohl gerade fragen, ob er sich zur Abwechslung mal zum Gladiatorenkampf oder zur Tierhetze verdingen soll.

An Lucilius

Erschöpft von der mehr unbequemen als langen Reise kam ich spät in der Nacht auf meinem Landgut, dem Albanum, an. Nichts finde ich dort bereit, nur mich selbst. So bringe ich denn mich und meine Müdigkeit zu Bett und rege mich nicht auf über die Saumseligkeit von Koch und Bäcker. Ich spreche nämlich mit mir selbst darüber, dass etwas gar nicht schwer ist, was man leichtnimmt, nichts ein Grund zum Ärgern ist, wenn man nicht selbst noch eine Portion Ärger dazugibt. Kein Brot hat mein Bäcker, doch der Verwalter, doch der Hausmeister, der Pächter. »Aber schlechtes Brot«, sagst du. Warte nur ab: Es wird noch gut werden, der Hunger wird es in feines Weißbrot verwandeln. Man soll eben nicht eher essen, als bis der Hunger es befiehlt. Ich werde also warten und nicht eher essen, bis ich entweder gutes Brot bekomme oder schlechtes nicht mehr verschmähe. Es ist notwendig, sich an bescheidene Verhältnisse zu gewöhnen, es gibt viele durch Ort und Zeit bedingte Engpässe auch für reiche und wohlhabende Leute. Alles, was man will, kann niemand haben, aber eins kann man: gar nicht wünschen, was man nicht hat, und heiter genießen, was sich bietet. Ein wichtiges Stück unserer Freiheit ist ein sozusagen leichtfuttriger Magen, der sich auch einmal eine kärgliche Verpflegung gefallen lässt. Du kannst dir nicht vorstellen, wie wohl mir das tut, dass meine Müdigkeit ganz von selbst nachlässt: Ich brauche keine Masseure, kein Bad, kein anderes Heilmittel – nur Zeit. Was man sich durch Anstrengung zugezogen hat, heilt die Ruhe. Diese bescheidene Mahlzeit ist mir angenehmer als ein Festbankett.

Wie überflüssig viele Dinge sind, merken wir erst, wenn sie auf einmal fehlen; wir haben sie benutzt, nicht weil wir sie brauchen, sondern weil wir sie eben haben. Wie vieles schafft man sich nur an, weil andere Leute es auch haben, weil alle Welt es hat. Das ist ja eine der Ursachen unserer Nöte, dass wir uns nach dem Beispiel der anderen und nicht nach der Vernunft richten, sondern uns von dem, was die Allgemeinheit tut, verleiten lassen. Wenn es nur wenige täten, würden wir es nicht nachmachen, wenn es aber mehrere tun, dann laufen wir ihm nach, als ob es dadurch richtiger würde, dass es häufiger ist. So nimmt bei uns den Platz des Richtigen der Irrtum ein, sobald er zum Massenwahn geworden ist.

An Lucilius

Wohin ich mich auch wende, überall sehe ich Beweise für mein Alter. Ich war auf mein Landgut vor der Stadt gekommen und beklagte mich über die Kosten für das baufällige Gebäude. Der Verwalter sagte, nicht seine Nachlässigkeit trage die Schuld daran, er tue alles, aber das Landhaus sei eben alt. Diese Villa aber ist unter meinen Händen emporgewachsen: Was wird denn mit mir werden, wenn Mauersteine meines Alters schon so morsch sind! Empört über ihn ergreife ich die erste beste Gelegenheit, um meinen Ärger loszuwerden. »Man sieht doch ganz deutlich«, sage ich, »dass diese Platanen vernachlässigt werden. Sie haben kein Laub; wie knorrig und verdorrt sind die Äste, wie verkümmert und garstig die Stämme! Das würde nicht sein, wenn jemand den Boden um sie her auflockern und sie wässern würde.« Der Verwalter schwört bei den Göttern, er tue alles, lasse es in seiner Sorgfalt an nichts fehlen – aber die Bäume seien einfach alt. Unter uns gesagt: Ich selbst hatte sie gepflanzt, ich hatte ihr erstes Blatt gesehen. Ich wende mich zur Tür und frage: »Wer ist denn der da, dieser klapprige Kerl, den man mit Recht an die Tür gesetzt hat, mit Blick nach draußen [wie die aufgebahrten Toten]? Wo hast du denn den her? Was hattest du für einen Spaß daran, einen fremden Leichnam aufzulesen?« Da sagt der Mensch doch zu mir: »Ei, erkennst du mich denn nicht? Ich bin doch Felicio, dem du so oft Spielsachen mitgebracht hast. Der Sohn des Verwalters Philositus bin ich, dein kleiner Liebling.« »Der Mensch ist total verrückt«, sage ich. »Ein Bübchen, mein Liebling? Na ja, kann schon sein, die Zähne fallen ihm gerade aus.«

Das verdanke ich meinem Landgut, dass mir, wohin ich mich auch wandte, mein Alter deutlich vor Augen trat. Wir wollen es umarmen und lieben. Es ist reich an Genuss, wenn wir es nur zu nutzen wissen. Am erfreulichsten ist das Alter, wenn es allmählich sich neigt, nicht abrupt zu Ende geht. Aber sogar wenn es auf der letzten Stufe steht, hat es noch seine eigenen

Freuden, oder es tritt an die Stelle der Freuden eben das: sich nach keinen mehr zu sehnen. Wie wohltuend ist es, die leidenschaftlichen Wünsche müde gemacht und hinter sich gelassen zu haben! Du sagst: »Unbehaglich ist es, den Tod vor Augen zu haben.« Erstens: Die Jungen müssen ihn so gut vor Augen haben wie die Alten, denn wir werden nicht nach Altersklassen abberufen. Zweitens: Keiner ist so alt, dass er nicht mit Recht noch auf einen Tag hoffen könnte. Ein Tag aber ist eine Stufe des Lebens, und das Leben besteht aus einzelnen Teilen, die sich wie größere und kleinere Kreise umschließen. Ein Kreis ist es, der alle umfasst und umschließt: Er reicht vom Geburts- bis zum Sterbetag. Daher hat man jeden Tag so einzurichten, als würde er die Reihe der Tage schließen und das Leben vollenden und erfüllen. Fügt Gott noch den morgigen Tag hinzu, wollen wir ihn freudig annehmen. Der ist der glücklichste und ganz sorgenfreie Herr seiner selbst, der das Morgen ohne ängstliche Unruhe erwartet. Jeder, der sagen kann: »Ich habe gelebt (*vixi*)«, steht täglich zu seinem Gewinn auf.

An Lucilius

Unerwartet liefen bei uns heute Schiffe aus Alexandria ein, wie sie gewöhnlich vorausgeschickt werden und die Ankunft der nachfolgenden Flotte [der Getreideschiffe] ankündigen: Postschiffe nennt man sie.

Sie sind in Kampanien ein willkommener Anblick: Die gesamte Bevölkerung von Puteoli steht auf der Hafenmole und erkennt schon an der Art der Segel die Schiffe aus Alexandria, auch in einer noch so großen Menge anderer Schiffe. Nur sie allein dürfen nämlich das Toppsegel setzen, das auf hoher See alle Schiffe führen, es ist das Kennzeichen der alexandrinischen Schiffe.

Bei diesem Hin- und Herlaufen all der Leute, die zum Strand eilten, hatte ich richtig Freude an meiner Gelassenheit, weil ich, obwohl ich Post von meinen Angehörigen erwartete, gar keine Eile hatte, um zu erfahren, wie dort meine Angelegenheiten stehen, was die Briefe meldeten. Schon lange gibt es für mich keinen Verlust mehr und keinen Gewinn. Auch wenn ich noch kein alter Mann wäre, hätte ich das schon so empfinden müssen, aber nun spüre ich es noch viel mehr. Hätte ich auch noch so wenig, so bliebe mir doch schon mehr Reisegeld als Reiseweg, zumal wir den Weg eingeschlagen haben, den man nicht bis ans Ende zu gehen braucht. Eine Reise wird unvollendet bleiben, wenn man mitten auf der Strecke oder vor dem angestrebten Ziel stehen bleibt. Ein Leben ist nicht unvollendet, wenn es ehrenhaft gelebt wurde. Wo immer du aufhörst, wenn du gut aufhörst, dann ist es ein Ganzes.

IV

Philosophieren – leben

An Lucilius

Wer kann daran zweifeln, mein lieber Lucilius: Ein Geschenk der unsterblichen Götter ist es, dass wir leben, ein Geschenk der Philosophie aber, dass wir richtig leben. Wir würden daher ihr mehr verdanken als den Göttern, so wie ein sittlich rechtes Leben eine größere Wohltat ist als ein Leben überhaupt – das gälte als sicher, wenn uns nicht die Philosophie selbst von den Göttern geschenkt worden wäre. Ihre Kenntnis haben sie niemand mitgegeben, die Fähigkeit dazu aber allen. Denn hätten sie auch die Philosophie zu einem Allgemeingut gemacht und kämen wir schon als Weise zur Welt, dann hätte die Weisheit gerade ihren Hauptvorzug eingebüßt, nämlich nicht zu den Gaben des Zufalls zu gehören. Nun ist ja gerade dies an ihr so kostbar und großartig, dass sie uns nicht einfach in den Schoß fällt, dass ein jeder sie sich selbst verschaffen muss, dass man sie nicht von einem andern einfordern kann. Was gäbe es an der Philosophie zu bewundern, wenn sie einem nur wie eine milde Gabe verabreicht würde? Ihre einzige Aufgabe ist es, die Wahrheit über die göttlichen und menschlichen Dinge zu finden; von ihr entfernt sind niemals Gottesfurcht, Pflichtgefühl, Gerechtigkeit und das ganze übrige Gefolge der eng miteinander verbundenen Tugenden. Sie hat gelehrt, Göttliches zu verehren, Menschliches zu achten und dass die Götter die Herrschaft ausüben, die Menschen eine Gemeinschaft bilden.

An Lucilius

Es leuchtet dir ein, lieber Lucilius, das weiß ich: Niemand kann glücklich leben, ja nicht einmal erträglich, ohne Bemühen um die Weisheit (das heißt ja Philosophie). Und ein glückliches Leben kann man nur durch vollkommene Weisheit erreichen, ein erträgliches immerhin auch schon, wenn man anfängt, sich um die Philosophie zu bemühen. Doch das, was einem einleuchtet, muss gefestigt und durch tägliches Nachdenken noch tiefer eingeprägt werden. Es macht mehr Mühe, Vorsätze einzuhalten, als sich noch so ehrenwerte Ziele zu stecken. Beharrlich muss man sein und in unablässigem Bemühen Kraft gewinnen, bis das zur rechten geistigen Verfassung wird, was jetzt noch guter Wille ist.

Daher brauchst du mir gegenüber nicht viel Worte oder eine ausführliche Beteuerung: Ich merke, dass du große Fortschritte gemacht hast. Woher das kommt, was du schreibst, weiß ich. Es ist keine Vorspiegelung oder Schönfärberei. Ich will dennoch sagen, was ich meine: Vorläufig setze ich Hoffnung auf dich, aber noch kein Zutrauen. Du sollst das Gleiche tun, möchte ich: Es gibt keinen Grund, dass du dir voreilig und unbedenklich vertraust. Prüfe dich und erforsche dich auf verschiedene Weise und beobachte dich: Schau vor allem darauf, ob du in der Philosophie oder im Leben selbst vorangekommen bist. Die Philosophie ist keine Populärwissenschaft und nicht dazu da, sich zur Schau zu stellen. Nicht im Reden, sondern im Handeln bewährt sie sich. Nicht dazu dient sie, irgendwie auf angenehme Weise den Tag herumzubringen, um Müßiggängern die Langeweile zu vertreiben. Sie formt und prägt den Geist, ordnet das Leben, lenkt das Handeln, zeigt, was man tun und lassen muss. Sie sitzt am Steuerruder und lenkt den Kurs für die, die auf stürmischen Wogen fahren. Ohne sie kann niemand ohne Furcht leben, niemand ohne Sorge. Tausend Dinge ereignen sich Stunde für Stunde, für die man Rat braucht, den man sich bei ihr holen muss. Da wird jemand einwenden: ›Was hilft mir die Philosophie, wenn es ein Schicksal gibt? Was nützt sie, wenn ein Gott die Welt regiert, was nützt sie, wenn blinder Zufall herrscht? Denn Vorherbestimmtes lässt sich nicht ändern, und gegen Unbestimmtes kann man sich nicht wappnen, sondern entweder hat Gott meine Pläne schon mit Beschlag belegt und verfügt, was ich tun soll, oder das Schicksal erlaubt mir keine Planung.‹ Was immer davon zutrifft, Lucilius, oder wenn alles zutrifft, philosophieren muss man – sei es, dass uns das Schicksal mit unabänderlicher Gesetzmäßigkeit bindet, sei es, dass Gott als Schiedsrichter über das Universum alles geordnet hat, sei es, dass der Zufall das menschliche Leben planlos hin- und hertreibt – die Philosophie muss unser Schutz sein. Sie wird uns mahnen, dem Gott willig zu gehorchen, dem Schicksal aber nur im Trotz, sie wird uns lehren, dem Gott zu folgen und das Geschick zu ertragen.

Doch wir wollen jetzt nicht zu der Erörterung übergehen, was in unserer Macht steht, wenn eine Vorsehung regiert oder wenn uns eine Kette von Schicksalsfügungen mit sich zieht oder wenn unser Leben ein Spielball plötzlicher und unerwarteter Zufallsereignisse ist – ich komme vielmehr zu meiner dringenden Mahnung zurück: Lass den Aufschwung deiner Seele nicht erlahmen, deinen Eifer nicht erkalten. Bewahre ihn und gib ihm Dauer, damit das zu einer beständigen Geisteshaltung wird, was jetzt nur Wollen und Bestreben ist.

An Lucilius

Lass dir von mir, wenn es dir recht ist, hilfreiche Ratschläge geben, wie du dich gegenüber dem Schicksal wappnen kannst. Mehr Dinge gibt es, Lucilius, die uns ängstigen, als die uns hart bedrängen, und öfter leiden wir eher an einer bloßen Vorstellung [eines

Die Personifikation der Philosophie (Mitte)
mit Aristoteles, Platon, Seneca und Sokrates (von links)

Fresko von P. Tibaldi und V. Carducci (1587)
in der Bibliothek des Escorial in Madrid

Übels] als an einer realen Tatsache. Ich rede jetzt nicht mit dir in der Sprache der Stoiker, sondern in unserer schlichten Alltagssprache. Wir Stoiker sagen ja, all das, was den Menschen Seufzen und Stöhnen abpresst, sei unbedeutend und geringzuschätzen. Aber lassen wir nun einmal diese großen Worte beiseite – obwohl sie – bei den Göttern – wahr sind. Nur das rate ich dir: Sei nicht unglücklich vor der Zeit – das, vor dem du dich fürchtest, als stünde es drohend bevor, passiert vielleicht niemals, auf jeden Fall ist es noch nicht passiert. Manches quält uns also mehr als nötig; manches quält uns, bevor es nötig ist, manches quält uns, obwohl es überhaupt nicht nötig ist. Entweder vergrößern wir unseren Schmerz oder nehmen ihn vorweg oder bilden ihn uns ein.

Lass uns die Sache sorgfältig prüfen: Wahrscheinlich ist es, dass irgendein Unheil in der Zukunft liegt – aber es ist noch nicht Tatsache. Wie viel Unerwartetes ist passiert! Wie vieles, was man erwartet hat, ist niemals passiert. Auch wenn etwas in der Zukunft zu erwarten ist, was hilft es, seinem Schmerz entgegenzulaufen? Schnell genug wirst du leiden, wenn das Unheil gekommen ist. Inzwischen erhoffe dir das Bessere. Was wirst du dabei gewinnen? Zeit. Viel kann dazwischenkommen, wodurch eine nahe oder fast schon eingetretene Gefahr haltmacht oder von dir ablässt und auf einen anderen übergeht: Der Brand ließ einen Fluchtweg offen, beim Einsturz konnte man weich fallen, manchmal wurde das Richtschwert unmittelbar vom Nacken zurückgezogen, manch einer überlebte seinen Henker. Auch ein schlimmes Schicksal ist unberechenbar. Vielleicht kommt es, vielleicht kommt es nicht; einstweilen ist es noch nicht da: Stell dir das Bessere vor. Nichts von dem, wovor man sich ängstigt, ist so gewiss, dass dies nicht noch gewisser wäre: Das Befürchtete kann ausbleiben und das Erhoffte kann uns täuschen. Also prüfe Hoffnung und Furcht, und sooft alles im Ungewissen bleibt, dann buche es zu deinen Gunsten: Glaube, was dir lieber ist.

Die Philosophie muss uns ringsum schützend umgeben, eine uneinnehmbare Mauer, die das Schicksal nicht überwindet, auch wenn es uns mit vielerlei Belagerungsmaschinen zusetzt. An einem uneinnehmbaren Platz steht eine Seele, die alles Äußere hinter sich gelassen hat und sich in ihrer Burg behauptet, weit unter ihr fällt jedes Geschoss nieder. Das Schicksal hat nicht, wie man so glaubt, lange Arme; keinen packt es, wenn er sich nicht zuerst an ihm festhält. Daher wollen wir, soweit wir können, uns von ihm [und seinen unsicheren Gütern] entfernt halten. Das wird allein die Einsicht in die eigene Natur und Wesenheit fertigbringen. Der Mensch soll wissen, wohin er gehen wird, woher er stammt, was für ihn gut, was schlecht ist, was er erstreben, was er meiden soll, was die Vernunft ist, die Erstrebenswertes und zu Meidendes unterscheidet, durch die sich die leidenschaftlichen Begierden mildern, die heftigen Ängste beruhigen lassen. Manche glauben, das auch ohne die Hilfe der Philosophie schon bewältigt zu haben. Wenn sie aber in ihrer Sorglosigkeit ein Ernstfall auf die Probe gestellt hat, dann wird ihnen zu spät ein Eingeständnis abgepresst: Aus ist es mit den großen Worten, wenn der Folterknecht die Hand ausstreckt, wenn der Tod näher rückt. Man könnte dem Betreffenden sagen: ›Leicht hast du die Übel herausgefordert, als sie weit fort waren, sieh, hier ist der Schmerz, den du erträglich genannt hast, hier ist der Tod, gegen den du so viel mutige Worte gemacht hast; es zischen die Geißeln, es blitzt das Schwert:

> Jetzt braucht man Mut, Aeneas, jetzt ein festes Herz!‹
> [Vergil Aen. 6,261.].

Doch nur ständiges Philosophieren (*meditatio*) wird es schaffen, das Herz zu festigen, wenn du dabei nicht Worte übst, sondern deine Seele stärkst.

An Lucilius

Soweit du kannst, zieh dich auf die Philosophie zurück. Sie wird dich in ihrem Schoß bergen, du wirst in ihrem Heiligtum sicher oder doch wenigstens sicherer sein. Gerade mit der Philosophie aber darfst du nicht angeben. Viele brachte sie schon in Gefahr, weil sie mit Überheblichkeit und Herablassung betrieben wurde. Dir soll sie deine Fehler nehmen, sie nicht anderen vorwerfen. Sie soll nicht im Widerspruch stehen zur allgemeinen Lebenspraxis und nicht so wirken, als ob sie das alles verdammt, was sie selber nicht tut. Man kann der Philosophie entsprechend leben auch ohne große Schau, ohne Anfeindung zu erregen.

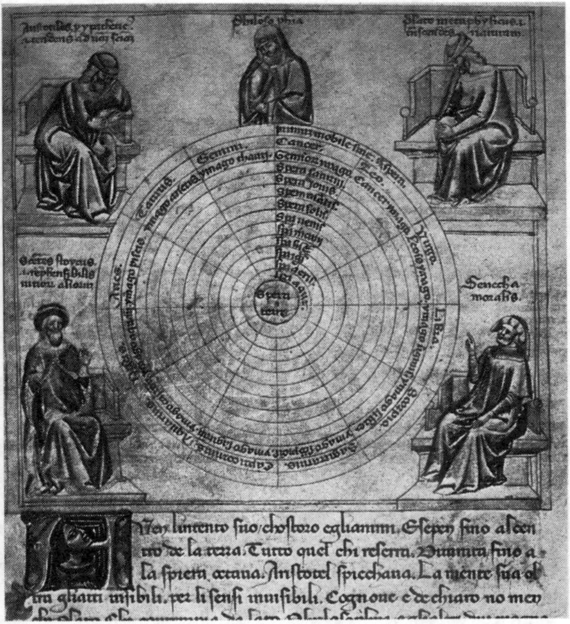

Allegorie der Philosophie mit Aristoteles, Platon, Sokrates und Seneca
Miniatur

An Lucilius

Hören wir auf, das immer noch zu wollen, was wir gewollt haben! Ich bemühe mich jedenfalls, als alter Mann nicht dasselbe zu wollen, was ich als Junge gewollt habe. Allein zu diesem Ziel vergehen mir die Tage, vergehen mir die Nächte. Das ist meine Aufgabe, dies mein Denken, meinen alten Fehlern ein Ende zu setzen. Darum bemühe ich mich, dass mir ein Tag Abbild des ganzen Lebens sei. Aber wahrhaftig, ich reiße ihn nicht an mich wie den letzten, aber ich betrachte ihn doch so, als könnte er der letzte sein. In dieser Stimmung schreibe ich dir diesen Brief, als würde mich ebengerade beim Schreiben der Tod abberufen. Ich bin bereit zu gehen, und gerade darum will ich das Leben genießen, weil ich es nicht allzu wichtig nehme, wie lange es noch dauert. Bevor das Alter kam, habe ich dafür gesorgt, gut und richtig zu leben; im Alter bedeutet das aber: gut und richtig zu sterben, und das bedeutet: gern zu sterben. Dass wir lange genug gelebt haben, machen weder Jahre noch Tage, sondern die [der Philosophie verpflichtete] Geisteshaltung. Ich habe gelebt, mein lieber Lucilius, so viel wie genug war, den Tod erwarte ich nach einem erfüllten Leben.

V
Wahre Freude

An Lucilius

Meinst du, ich werde dir schreiben, wie sanft der Winter mit uns umgegangen ist, mild und kurz wie er war, wie unfreundlich der Frühling, mit spätem Frost, und andere Belanglosigkeiten von Leuten, die sonst nichts zu schreiben haben? Ich will aber etwas schreiben, was dir und mir nützen kann. Was wird das aber sonst sein, als dass ich dich zu einer rechten inneren Einstellung aufrufe. Worauf sie sich gründet, fragst du? Dass du keine Freude hast an Nichtigkeiten. Die Grundlage sei dies, habe ich gesagt, nein, es ist schon der Gipfel. Das Höchste hat der schon erreicht, der weiß, worüber er sich freuen kann, der sein Glück nicht auf die Verfügungsgewalt anderer gegründet hat. In Unruhe und ohne Selbstvertrauen ist, wer sich von der Hoffnung auf ein erstrebtes Ziel locken lässt, mag es naheliegend, mag es unschwer zu erreichen sein, mag ihn auch niemals eine Hoffnung getrogen haben.

Das tu vor allem, mein Lucilius: lerne dich freuen. Du meinst nun, ich nehme dir viele Freuden, wenn ich die Geschenke des Zufalls von dir fernhalte, Hoffnungen, die schönsten Luftschlösser, dir strikt verbiete. Nein, im Gegenteil, ich will nicht, dass dir jemals die Freude fehlt. Ich will, dass sie dir im eigenen Haus erwachsen soll. Sie wird es, wenn sie nur in dir selbst ist. Die übrigen Arten des Frohsinns füllen dir nicht das Herz, sie glätten nur die Stirn, sie sind flüchtig, oder glaubst du, jeder, der lacht, sei von Grund auf fröhlich. Der Geist muss in gehobener Stimmung sein, voll Selbstvertrauen und über alles erhaben. Glaube mir, Freude ist eine ernste Sache. Oder meinst du, jemand könnte mit bloß oberflächlich entspannter Miene und, wie diese Genussmenschen so daherreden, mit einem überlegenen Lächeln den Tod verachten, der Armut sein Haus öffnen, seine Begierden an die Kandare nehmen und sich darauf vorbereiten, Schmerz zu ertragen? Wer sich darin aber in Gedanken eingeübt hat, der lebt in großer Freude, wenn auch ohne äußere Reize. Im Besitz dieser Freude sollst du sein, das wünsche ich; sie wird niemals aufhören, wenn du einmal gefunden hast, wo du sie suchen musst.

Minderwertige Metalle werden an der Oberfläche abgebaut; am wertvollsten sind diejenigen, deren Ader in der Tiefe verborgen ist. Sie wird sich dem beharrlich Schürfenden immer reichlicher erschließen. Das, woran die Masse ihr Vergnügen findet, gewährt nur schalen und oberflächlichen Genuss und hat, wie jede Freude, die nicht aus dem Innern kommt, keinen festen Grund. Die Freude, von der ich spreche und zu der ich dich hinzuführen suche,

Straßenschild im heutigen Rom: Via Seneca

ist dauerhaft und von der Art, dass sie sich immer mehr tief im Herzen ausbreitet. Tu das einzige, mein lieber Lucilius, was dich wirklich glücklich machen kann: Zerschlagen und zu Boden treten sollst du alles, was nur äußeren Glanz hat, was dir von einem fremden Menschen oder aus fremdem Besitz versprochen wird. Schau auf den wahren Wert und freu dich an dem Deinen. Was ist das aber: »an dem Deinen«? An dir selbst und an dem besten Teil deiner selbst. Was ist dieses wahre Gut, und woher kommt es? Ich will's dir sagen: aus einem guten Gewissen, aus ehrenhaften Vorsätzen, aus rechtem Handeln, aus der Verachtung der Zufallsgüter, aus einem ruhigen und beständigen Gang des Lebens, das immer ein und denselben Weg verfolgt. Denn diejenigen, die von einem Vorhaben zum andern springen, oder nicht einmal springen, sondern sich vom Zufall treiben lassen, wie können die überhaupt etwas Sicheres und Bleibendes besitzen, unstet und ziellos, wie sie sind? Wenige sind es, die sich und ihre Angelegenheiten planvoll ausrichten, die übrigen sind wie Treibholz in den Flüssen: Sie gehen nicht, sondern lassen sich treiben. Deshalb müssen wir genau festsetzen, was wir wollen, und dabei bleiben.

An Lucilius

Ich will dir gleich zeigen, wie du erkennen kannst, dass du noch kein Weiser bist. Der Weise ist voller Freude, heiter und entspannt, unerschüttert. Er lebt mit den Göttern von gleich zu gleich. Nun schau dich selber an: Wenn du niemals traurig bist, wenn keine Hoffnung deinen Sinn durch Erwartung auf Künftiges in Spannung hält, wenn deine gehobene und mit sich selbst zufriedene Geisteshaltung Tag und Nacht hindurch gleich bleibt, dann hast du das Höchste an menschlicher Vollkommenheit erreicht. Wenn du aber Genüsse verlangst, von überall her und von aller Art, dann sollst du wissen, dass es dir ebenso an Weisheit wie an wahrer Freude fehlt. Dahin möchtest du kommen, doch du irrst dich, wenn du hoffst, mitten in deinem Reichtum, mitten in deinen

Ämtern den Weg dorthin zu finden – das heißt ja, dass du die wahre Freude in Unrast und Betriebsamkeit suchst. Das, wonach du strebst, als ob es dir Freude und Vergnügen schenken würde, das ist der Grund für Kummer und Leid. Alle, sage ich, streben nach Freude, doch wo sie beständige und große Freude finden können, das wissen sie nicht. Der eine sucht sie bei Schlemmermählern, der andere im ehrgeizigen Treiben der Ämter und umringt von einer Schar von Klienten, wieder einer bei seiner Geliebten oder bei eitler Prahlerei mit seinen wissenschaftlichen Studien und mit Schriftstellerei, die nichts bringt. Sie alle lassen sich täuschen durch trügerische und kurzlebige Genüsse, gerade wie der Rausch, bei dem die heitere Ausgelassenheit einer einzigen Stunde mit einem lang anhaltenden Kater gebüßt wird, und wie Beifall und Anerkennung mit wohlwollendem Zuruf, was man erst mit allerhand Aufregung erringen und wofür man dann büßen muss.

Denk also daran, dass dies von der Philosophie bewirkt wird: eine gleichmäßige innere Freude. Jene Freude aber, die den Göttern und denen, die ihnen nacheifern, folgt, wird nicht unterbrochen, hört nicht auf. Sie würde aufhören, wenn sie anderswo hergeholt wäre. Da sie aber nicht auf einen fremden Gunsterweis zurückgeht, ist sie auch nicht fremder Willkür ausgeliefert. Was das Schicksal nicht gegeben hat, entreißt es auch nicht.

Was wir Stoiker unter einem Gut verstehen, lässt sich auf verschiedene Weise bestimmen. Was nämlich hindert uns, folgendes zu sagen: Ein glückliches Leben besteht im Besitz eines Geistes, der frei und aufrecht ist, unerschrocken und standfest, erhaben über Furcht und Begierde, für den das einzige Gut das Ehrenhafte, das einzige Übel das Schändliche ist, alles andere aber nur billiger Tand, etwas, das das wahre Glück weder beeinträchtigt noch fördert, was ohne Gewinn oder Schaden für das höchste Gut kommt und wieder geht. Er kennt kein höheres Gut als das, was er sich selbst geben kann, und das wahre Vergnügen besteht für ihn darin, die landläufigen Vergnügungen zu verachten. Wer auf einem solchen Fundament steht, den wird auf jeden Fall eine immerwährende Heiterkeit begleiten und eine tiefinnere Freude, da er das Seine genießt und nichts über das hinaus wünscht, als was er in sich hat.

VI

Der Natur gemäß leben – Leben wider die Natur

Ich halte mich daran, worin alle Stoiker einig sind, an die Natur: von ihr nicht abzuweichen und nach ihrem Gesetz und Vorbild sich sein Leben zu formen, das ist Weisheit.

An Lucilius

Glücklich ist nicht der, den das Volk so nennt, bei dem das große Geld zusammengeströmt ist, sondern derjenige, der all sein Gut in seinem Geist hat, aufrecht und erhaben, der Bewundertes mit Füßen tritt, der niemand sieht, mit dem er tauschen möchte, der den Menschen allein danach bewertet, wodurch er ein Mensch ist, der sich die Natur zur Lehrmeisterin nimmt, nach ihren Gesetzen sein Leben einrichtet, so lebt, wie sie es vorgeschrieben hat.

An Lucilius

Alles, was jemand treffend gesagt hat, habe ich mir zu eigen gemacht. So auch Epikurs bekannten Ausspruch: »Wenn du nach der Natur lebst, wirst du niemals arm sein, wenn nach den Meinungen der Allgemeinheit, dann wirst du niemals reich sein.« Wenig verlangt die Natur, Unermessliches die Meinung der Masse. Magst du mit allen Schätzen der Reichen überhäuft werden, mag dich das Glück mit einem Vermögen ausstatten, das jeden Privatbesitz übersteigt, mag es dich mit Gold überschütten, in Purpur kleiden, dich zu solchem Luxus und Wohlstand bringen, dass du die Erde mit Marmorplatten zudeckst, du darfst sogar Schätze nicht nur besitzen, sondern mit Füßen auf sie treten, Statuen und Gemälde sollen noch dazukommen und alles, was jegliche Kunst zur Prachtentfaltung ersonnen hat – du wirst davon nur lernen, immer noch mehr zu begehren. Natürliche Wünsche halten sich in Grenzen, was aber aus einem falschen Wunschdenken kommt, das kennt weder Maß noch Ziel. Der Wanderer auf einer Straße kommt einmal ans Ziel, der Irrtum schweift im Grenzenlosen.

Kehre dich daher ab von nichtigen Träumen, und wenn du wissen willst, ob du einen natürlichen Wunsch hast oder ein blindes Verlangen, dann überlege, ob es irgendwo sein Genügen findet. Bist du in deinem Bestreben schon weit gegangen, und es ist immer noch etwas in weiter Ferne vor dir, dann sei überzeugt, dass es nicht naturgemäß ist.

An Lucilius

Das nämlich ist Weisheit, sich der Natur zuzuwenden und sich wieder in den Zustand versetzen zu lassen, aus dem uns der allgemeine Wahn vertrieben hat. Ein Großteil der geistigen Gesundheit besteht darin, sich von den Befürwortern einer ungesunden Denk- und Lebensweise loszusagen und sich weit entfernt zu halten von dieser für beide Seiten schädlichen Kumpanei.

An Lucilius

Es gibt wahrhaftig Leute, die die Bestimmung von Tag und Nacht vertauschen und ihre Augen, noch schwer vom Rausch des Vortages, nicht vor Anbruch der Nacht öffnen. Meinst du, dass die wissen, *wie* man leben muss, die nicht wissen *wann*? Du fragst, woher diese Verkehrtheit kommt, den Tag abzulehnen und das ganze Leben in die Nacht zu verlegen? Alle Laster kämpfen gegen die Natur und leugnen die uns aufgegebene Ordnung der Welt. Das ist ebendas erklärte Ziel dieses perversen Luxuslebens, Freude zu haben an der Abnormität und nicht nur vom Normalen abzuweichen, sondern sich möglichst weit davon abzusetzen und schließlich sogar die Gegenposition einzunehmen. Hältst du das nicht für ein Leben wider die Natur, wenn Leute in nüchternem Zustand sich volllaufen lassen, den Wein auf leeren

Magen in den Körper pumpen und betrunken zum Essen gehen? Nach dem Mittag- oder Abendessen zu trinken, das ist ihnen zu gewöhnlich. Das machen Familienväter auf dem Land und solche, die nichts von wahrer Trinkkultur verstehen. Nur rein bietet der Wein den wahren Genuss, wenn er nicht auf dem Essen schwimmt und ungehindert zu den Nerven dringt. Nur der Rausch macht Freude, der sich im leeren Körper ausbreiten kann. Und scheint dir das nicht ein Leben wider die Natur: Männer, die mit Frauen die Kleidung tauschen? Und ist nicht auch das wider die Natur, im Winter nach Rosen zu verlangen und durch Gießen mit warmem Wasser und geschickte Standortveränderung die Lilie, die Frühlingsblume, in der Winterkälte zum Blühen zu bringen? Und leben die nicht wider die Natur, die die Fundamente ihrer Thermen im Meer verlegen und nur dann meinen, sie schwimmen ihrem Komfort entsprechend, wenn um ihre Warmwasserbassins Meereswogen und Sturmfluten branden? Haben solche Leute erst einmal angefangen, all ihr Tun und Treiben auf den Gegensatz zu Natur und Gewohnheit zu stellen, dann sagen sie sich schließlich ganz und gar von allem Naturgemäßen los. »Es wird hell: also Schlafenszeit! Es herrscht Nachtruhe: Jetzt auf zu unseren sportlichen Übungen, auf zur Spazierfahrt, zum Frühstück! Das Tageslicht kommt: Zeit zum Nachtmahl! Nur nicht das Gleiche tun wie das gemeine Volk; es ist doch vulgär, im gleichen Trott zu gehen wie der Pöbel. Der Tag sei für die arbeitende Masse; für uns soll ein eigener – unser persönlicher Morgen anbrechen!« Solche Leute sind für mich wahrhaftig schon so gut wie tot, wie wenig sind sie, die bei Fackeln und Kerzenschein leben, von einer Leichenfeier entfernt!

An Lucilius

Wir müssen aber, Lucilius, den Weg einhalten, den uns die Natur vorgeschrieben hat, und dürfen von ihm nicht abweichen. Wenn man ihr folgt, ist alles leicht, mühelos; wenn man sich gegen sie stemmt, ist das Leben nicht anders, als wollte man gegen die Strömung rudern.

VII

Der Genusssucht den Prozess machen

Man nimmt meistens an, dass Schnee in dem Bereich der Luft entsteht, der der Erde nahe ist. Wenn die darin enthaltene Feuchtigkeit in dieser mäßigen und nicht ganz eisigen Kälte gefriert, entsteht Schnee. Du fragst mich: »Warum verwendest du so viel Mühe auf diesen nichtigen Kram, wodurch einer vielleicht gelehrter, aber nicht besser wird? Wie der Schnee entsteht, erklärst du, wobei es doch viel wichtiger wäre für uns, wenn du uns erklärtest, warum man Schnee nicht kaufen soll.« Forderst du mich auf, der Genusssucht den Prozess zu machen? Das ist ein Streitfall, den man Tag um Tag und ohne Erfolg führen muss. Doch lasst uns dennoch Klage führen, mag unsere Gegnerin auch siegen, dann aber nur gegen Kampf und Widerstreit. Wir wollen aber doch lieber untersuchen, wie Schnee entsteht, als wie man ihn aufbewahrt. Es genügt uns ja nicht mehr, Wein abzuziehen, die Vorräte alten Weins nach Geschmack und Jahrgang sortiert aufzubewahren, nein, wir haben auch noch erfunden, wie man Schnee festpressen kann, damit er den Sommer überlebt und gegen die Hitze der Jahreszeit in einem kühlen Keller geschützt ist. Und was haben wir mit dieser sorgsamen Bemühung erreicht? Doch nur, dass man Wasser, das überall umsonst zu haben ist, jetzt kauft. Das bedauern wir, dass wir Luft und Sonne nicht kaufen können, dass unsere Luft sogar für Genussmenschen und Reiche leicht und umsonst zu haben ist. Es ist doch ewig schade, dass es noch etwas gibt, was die Natur zum Gebrauch für jedermann übrig gelassen hat! Aber es kann uns doch nichts gefallen, wenn es nicht teuer ist. Wasser war noch das einzige, worin die Reichen auf gleicher Stufe mit der Masse standen und worin sie auch vor dem Allerärmsten nichts voraushatten. Und da ist nun für diejenigen, die nicht wissen wohin mit ihrem Reichtum, ein Mittel gefunden worden, wie auch Wasser zum Luxusartikel werden konnte. Ich will erklären, wie es dazu kam, dass uns auch fließendes Wasser nicht mehr kalt genug schien. Solange der Magen gesund ist, gesunde Nahrung verträgt und nur gefüllt, aber nicht überladen wird, genügen ihm natürliche Anregungsmittel. Wenn er aber durch das tägliche Überladen nicht mehr die Temperatur in seiner Umgebung, sondern die eigene spürt, wenn sich das dauernde Trinken auf die Eingeweide geschlagen hat und Magen und Galle überhitzt rebellieren, dann sucht man notwendigerweise ein Mittel, um diese Hitze zu lindern, der sogar Wasser nicht beikommt. Durch Gegenmittel regt man die Krankheit an. Man trinkt also nicht nur im Sommer, sondern auch mitten im Winter Schneewasser. Der Grund ist nichts anderes als eine Krankheit im Innern des Körpers und ein durch unmäßige Schlemmerei ruinierter Magen. Der hat ja nie mehr eine Ruhepause, um sich zu erholen, denn die Hauptmahlzeit am Abend wird bis zur Morgendämmerung ausgedehnt und dann gleich das Frühstück daraufgesetzt, und die durch die überreichlichen und vielfältigen Gänge schon überladenen Gäste gehen beim Trinken dann vollends unter. Und nun hat die ununterbrochene Völlerei ihnen das gesunde Empfinden sozusagen ausgekocht und sie ganz wild gemacht auf immer neue kalte Erfrischungen. Daher kommt es, sage ich, dass sie nicht einmal mit Schnee zufrieden sind, sondern Eis suchen, weil dieses durch seine feste Masse die Kälte besser hält. Und dieses Eis schmelzen sie, indem sie immer wieder Wasser darauf gießen. Man holt es aber nicht irgendwo vom Boden, sondern damit es mehr Kraft hat und seine Kälte länger hält, gräbt man es tief aus der Erde aus. Daher hat es auch keinen festen Preis, sondern das »Wasser« – eine Schmach und Schande ist es – hat seine Händler und seinen wechselnden Verkaufspreis. Die Spartaner haben die Salbenhändler aus ihrer Stadt vertrieben und ihnen befohlen, eilends das Stadtgebiet zu verlassen, weil sie das Öl verschwendeten. Was würden sie erst machen, wenn sie unsere Lagerräume für Eis gesehen hätten, und die vielen Lasttiere zum Transport dieses »Wassers«, dessen Farbe und Geschmack noch vom Stroh leidet, mit dem man es abdeckt.

Gute Götter, wie leicht ist es doch, den gesunden Durst zu löschen! Aber was soll ein Schlund noch empfinden, der durch kochend heiße Speisen gefühllos und voller Schwielen ist? Du kannst, sage ich, Gestalten sehen, abgemagert, in Kapuzenmantel und Halstuch gewickelt, bleich und kränklich, die Schnee nicht nur schlürfen, sondern regelrecht essen und Stücke davon in ihre Becher werfen, damit das Getränk ja nicht warm wird, bevor sie es ausgetrunken haben. Glaubst du, das sei Durst? Nein, Fieber ist es, und umso heftiger, da man es nicht am Pulsschlag oder an der Wärme der Haut spürt, sondern weil es das Herz selbst verbrennt.

Der Körper hat nur bescheidene Wünsche: Kälte soll ferngehalten, mit Nahrung Hunger und Durst vertrieben werden; was man darüber hinaus begehrt, das dient dem Luxus, nicht den Bedürfnissen. Es ist keineswegs nötig, sämtliche Tiefen der Erde zu durchforschen, mit einem Hinschlachten von Tieren den Magen zu belasten, noch, Muscheln des entlegensten Meeres von unbekannten Küsten heranzuschaffen. Götter und Göttinnen sollen diejenigen verderben, deren Genusssucht noch über die Grenzen unseres schon beneidenswert großen Reiches hinausgreift. Jenseits des Phasis [am Schwarzen Meer] wollen sie fangen lassen, was eine anspruchsvolle Küche ausmacht [Fasane], und man schämt sich nicht, von den Parthern, von denen wir noch keine Genugtuung erhalten haben, Vögel einzuhandeln [Pfauen]. Von allen Seiten wird antransportiert, was der verwöhnte Gaumen nur kennt; was der von Delikatessen geschwächte Magen kaum vertragen kann, wird vom äußersten Ozean herbeigebracht. Sie speien, um zu essen, sie essen, um zu speien, und Mahlzeiten, die man aus der ganzen Welt zusammensucht, würdigt man nicht einmal der Verdauung.

Bedauernswert sind die doch, deren Gaumen nur noch durch kostbare Speisen gereizt wird. Kostbar aber macht sie nicht ein ungewöhnlicher Geschmack oder ein besonderer Gaumenkitzel, sondern nur die Seltenheit und die schwierige Beschaffung. Wenn sie zu gesunden Sinnen zurückkehren wollten, wozu brauchten sie da so viele dem Bauch frönende Künste? Wozu Handel, Verwüstung von Wäldern, Durchsuchen der Tiefe? Überall liegt Nahrung bereit, die die Natur an allen Orten bereitgestellt hat, aber daran gehen sie wie Blinde vorbei und durchstreifen alle Länder, fahren über die Meere, und während sie den Hunger mit geringen Kosten sättigen könnten, reizen sie ihn mit großem Aufwand.

Aber freilich, unser Diktator [Curius Dentatus], der einst den Samniten Audienz gab, während er sei-

Gastmahlszene aus einer Wandmalerei in Herculaneum

ne äußerst bescheidene [Rüben-]Mahlzeit auf dem Herd mit eigener Hand umrührte – mit der Hand, mit der er oft den Feind geschlagen, mit der er den Siegeslorbeer dem Jupiter auf dem Kapitol in den Schoß gelegt hatte – der lebte ja wohl weniger glücklich als zu unserer Zeit ein Apicius! Der hat – in der gleichen Stadt, aus der man einst die Philosophen als Verderber der Jugend hatte fortgehen geheißen – die Kochkunst zur Wissenschaft und zum Beruf gemacht und hat mit seiner Lehre alle Welt angesteckt. Es lohnt sich, sein Ende zu kennen. Nachdem er hundert Millionen Sesterzen auf seine Küche verwendet, nachdem er so viele Geschenke der Mächtigen und die ungeheure Steuer des Kapitols in einem Gelage nach dem anderen verschwendet hatte, da zog er, von Schulden erdrückt, zum ersten Mal notgedrungen Bilanz. Er rechnete aus, dass ihm zehn Millionen Sesterzen übrigbleiben würden, und als ob er in schlimmstem Hunger sein Leben fristen müsste, wenn er mit zehn Millionen lebte, beendete er sein Leben durch Gift. Was hatte der für eine Sucht nach Luxus, für den zehn Millionen Sesterzen ein Leben am Bettelstab bedeuteten! Für diesen Menschen mit seiner verkehrten Sinnesart war aber der letzte Trank der heilsamste. Damals aß und trank er Gift, als er sich an maßlosen Schwelgereien nicht nur erfreute, sondern sich rühmte, als er seine Laster zur Schau stellte, als er die ganze Stadt in sein Schlemmerleben hineinzog, als er die Jugend zu seiner Nachahmung reizte, die auch ohne schlechte Beispiele an sich schon gelehrig genug ist.

An Lucilius

Jedes geistige Interesse ist zum Erliegen gekommen, und die Professoren der Künste und Wissenschaften sitzen ohne Zuhörer in verlassenen Winkeln. In Rhetoren- und Philosophenschulen herrscht gähnende Leere – doch wie gut besucht sind die feinen Küchen, wie drängt sich die Jugend um die Kochherde der Gourmets!

An Lucilius

Ich will gar nicht reden von der Menge der Bäcker und von den Kellnern, die auf ein Zeichen hin los- und durcheinanderrennen, um das Essen zu servieren. Gute Götter! Wie viele Menschen bringt ein einziger Bauch in Bewegung!

An Lucilius

Die Heilkunst bestand einst in der Kenntnis einiger weniger Kräuter, die Blut stillen und Wunden schließen konnten. Erst allmählich entwickelte sie sich zu dieser heutigen vielseitigen und speziellen Wissenschaft. Kein Wunder, dass sie damals weniger zu tun hatte: Die Menschen besaßen noch einen robusten, widerstandsfähigen Körper, die Nahrung war leicht bekömmlich und nicht durch künstlichen Geschmack verfälscht. Doch seitdem man anfing, die Nahrung nicht zur Stillung des Hungers, sondern zum Anreizen des Appetits zu verwenden, und tausend Arten der Zubereitung erfunden waren, wodurch man die Esslust anregen konnte, da ist das, was für die Hungernden Lebensmittel waren, für die Übersättigten zur Belastung geworden. Daher die Blässe der Haut, das Zittern der vom Wein aufgeschwemmten Muskeln und die Magerkeit, elender durch einen kranken Magen als durch Hunger. Daher die Gelbsucht, das fahle Aussehen, die gichtigen Finger mit versteiften Gelenken. Wozu soll ich noch andere zahllose Krankheiten aufzählen – Strafen für unsere Genusssucht? Über die Unzahl von Krankheiten darfst du dich nicht wundern: Zähle nur die Köche!

An Lucilius

Glaubst du nicht, dass der im Sommer genossene Schnee die Leber verhärtet? Wie? Jene Austern, äußerst fades Fleisch, mit Unrat gemästet, bringt das kein schwammiges Gefühl im Magen hervor? Und die Fischsoße einer bekannten Firma, die »kostbare« Jauche aus verdorbenen Fischen, meinst du nicht, dass sie mit ihrer fauligen Salzlake die Eingeweide verbrennt? Wie ist das mit diesen noch rohen Fleischstücken, die man beinahe direkt vom Feuer in den Mund steckt, denkst du, die werden erst im Magen abgekühlt, ohne zu schaden? Wie scheußlich und pestilenzartig ist danach das Aufstoßen, welcher Ekel vor sich selbst bei denen, die ihre Übelkeit vom Vortag ausdünsten. Im Magen wird, das merkst du ja, das Gegessene nicht verdaut, es verfault.

An Lucilius

Ich erinnere mich, dass man einmal überall von einer ganz edlen Schüssel redete, in die der Koch eines Lokals, eifrig bemüht zum Schaden seiner Gäste, alles auf einmal untergebracht hatte, woran sich die Feinschmecker sonst gewöhnlich den ganzen Tag lang delektieren: Venusmuscheln, Stachelmuscheln und Austern, bereits fertig zum Essen aus ihren Schalen ausgelöst und garniert mit dazwischenliegenden Drosseln. Seeigel und schon zerlegte und entgrätete Seebarben bedeckten den ganzen Boden der Schüssel.

Einzeln servierte Speisen erregen Überdruss: Die verschiedenen Geschmacksrichtungen werden zu einem Einheitsbrei zusammengezwungen. Gleichzeitig und mit einer Soße übergossen kommt das auf den Tisch, was man gewöhnlich einzeln serviert, keinen Unterschied darf es geben: Austern, Seeigel, Muscheln, Meerbarben müssen in buntem Durcheinander zusammengekocht serviert werden. Bei Tisch geschieht jetzt, was eigentlich erst im Magen geschehen sollte. Ich warte nur darauf, dass die Speisen demnächst vorgekaut serviert werden. Aber wer glaubt, diese Art zu speisen diene nur zum Angeben und Protzen, der soll unverzüglich belehrt werden, dass man damit nichts zur Schau stellen, sondern seine Esskultur dokumentieren will.

So wie diese Speisen zu einem Mischmasch geworden sind, entstehen daraus auch nicht einzelne Krankheiten, sondern komplizierte, verschiedenartige, vielfältige: Gegen sie rüstet sich nunmehr auch die Heilkunst mit vielerlei Behandlungsmethoden und vielerlei Diagnosen.

An Lucilius

Wenn die Leute fragen: »Wie lange noch willst du uns immer dasselbe erzählen«, dann muss man sagen: Solange ihr immer noch dieselben Fehler begeht!

An Lucilius

Wie lange noch, bis es keinen See mehr geben wird, den nicht die Giebel eurer Villen beherrschen? Keinen Fluss, dessen Ufer nicht eure Bauten säumen? Überall dort, wo warme Quellen hervorsprudeln, werden neue Luxusherbergen entstehen. Überall, wo sich die Meeresküste zu einer Bucht biegt, werdet ihr unverzüglich Fundamente legen, und, nicht zufrieden mit Grund und Boden, wenn ihr ihn nicht selbst künstlich geschaffen habt, werdet ihr das Meer zurückdrängen. Mögen allerorts auch eure Paläste erstrahlen, hier errichtet auf Bergen mit weitem Ausblick auf Land und Meer, dort aus der Ebene aufsteigend bis zu Bergeshöhen – auch wenn ihr noch so viele, noch so großartige Bauten errichtet habt, ihr bleibt doch jeder nur ein einzelner Körper, und was für ein winziger. Was nützen euch die vielen Schlafzimmer? Ihr könnt doch nur in einem einzigen schlafen. Nichts gehört euch, wo ihr gerade nicht seid.

An Lucilius

Zu euch komme ich jetzt, die ihr mit eurem unergründlichen und unersättlichen Schlund hier die Meere, dort die Länder durchwühlt. Den Tieren stellt ihr mit großem Aufwand nach, den einen mit Angelhaken, anderen mit Schlingen, wieder anderen mit Netzen verschiedener Art. Kein Tier lasst ihr in Frieden, außer es schmeckt euch nicht. Und doch – wie wenig von diesen Gerichten, von so vielen Händen zubereitet, kommt in euren Mund, der schon ermattet ist von allzu vielen Genüssen! Wie wenig von diesem unter Gefahren erjagten Wild kostet der Hausherr noch, mit verdorbenem Magen und an Übersättigung leidend! Wie wenige von diesen vielen aus weiter Ferne herbeigeschafften Muscheln gleiten durch diesen unersättlichen Schlund! Ihr Unglücklichen, merkt ihr denn nicht, dass euer Hunger nach Genüssen größer ist als euer Magen?

An Lucilius

Hier aus dem Landhaus des Scipio Africanus [des Siegers über Hannibal 202 v. Chr.] schreibe ich dir, Lucilius.

Ich habe das Landhaus gesehen, das aus Quadersteinen errichtet ist, die Mauer, die den Park umschließt, auch die Türme, die als Schutzwehr des Hauses auf beiden Seiten hochgezogen sind, eine Zisterne unterhalb der Gebäude und der Grünflächen, die sogar für den Bedarf eines ganzen Heeres ausreichen könnte, und die enge kleine Badeanlage, nach alter Gewohnheit ganz dunkel: Unseren Vorfahren schien es offenbar nicht warm, wenn es nicht dunkel war. Ich hatte mein Vergnügen daran, mir die Gewohnheiten Scipios und die unsrigen vorzustellen: In diesem Winkel war es, wo jener »Schrecken Karthagos«, dem es Rom verdankte, dass es nur einmal erobert wurde [von den Galliern, nicht von Hannibal], seinen Körper abwusch, erschöpft von den Mühen der Landarbeit. Er übte sich nämlich in körperlicher Arbeit und grub selbst das Land um, wie es bei den Alten Sitte war. Unter diesem bescheidenen Dach stand er, dieser einfache Fußboden trug ihn. Aber wer würde es jetzt ertragen, so zu baden? Ärmlich und schäbig käme er sich vor. Heutzutage müssen die Wände von großen und kostbaren Spiegeln glänzen, Marmor aus Alexandria ist mit Ornamenten aus numidischem Marmor verziert, überall muss der Marmor eine aufwendige Farbtönung in der Art einer Malerei haben, das Deckengewölbe muss mit Glas bedeckt sein, weißglänzender Marmor von der Insel Thasos, einst ein seltener Anblick in dem einen oder anderen Tempel, muss unsere Badebecken umgeben, in die wir mit unserem von vielen Schwitzkuren entkräfteten Körper eintauchen, wobei silberne Wasserhähne das Wasser einströmen lassen. Und bis jetzt spreche ich nur von den Badeanlagen der Normalbürger – was, wenn ich erst zu den Bädern der [reich gewordenen] Freigelassenen komme? Wie viel Statuen gibt es da, wie viel Säulen, die nichts tragen, sondern nur zur Verzierung aufgestellt sind, um den prunkvollen Aufwand zu demonstrieren! Wie viel Wasser strömt da mit Getöse über Stufen herab! Und so verwöhnt sind wir inzwischen, dass wir nur noch auf Edelsteine treten wollen.

In diesem Bad Scipios sind eher winzige Spalten als Fenster aus der Steinmauer herausgeschnitten, um ohne Beeinträchtigung des Mauerwerks Licht einzulassen. Doch jetzt bezeichnet man solche Bäder [nach dem lichtscheuen Ungeziefer] als Schabenbäder – wenn sie nicht so eingerichtet sind, dass sie den ganzen Tag über Sonnenlicht durch weite Fenster erhalten, wenn man nicht baden und sich zugleich bräunen lassen kann, wenn man nicht von der Badewanne aus einen Blick über Felder und Meere hat. Deshalb werden die Bäder, die bei ihrer Einweihung großen Zulauf und Bewunderung fanden, als veraltet abgelehnt, sobald sich der Luxus etwas Neues ausgedacht hatte, womit er sich selbst überbietet. Doch einst gab es nur wenige Bäder und ohne prunkvolle Ausstattung: Warum eine teure Einrichtung für etwas, das nur ein paar Heller kostete und zum Gebrauch, nicht zum Vergnügen gedacht war? Es wurde kein Wasser nachgegossen, es strömte nicht ständig frisches Wasser zu wie aus einer heißen Quelle, und man fand es nicht so wichtig, in wie klarem Wasser man seinen Schmutz abspülte. Doch ihr guten Götter, wie viel Freude macht es doch, in diese dunklen und mit gewöhnlicher Tünche gestrichenen Bäder einzutreten, wenn man weiß, dass im Amt des Ädils hier Männer wie Cato oder Fabius Maximus oder einer von den Scipionen mit eigener Hand die Wassertemperatur geprüft haben! Denn auch diese Amtspflicht nahmen die aus dem höchsten Adel stammenden Beamten wahr, nämlich die Stätten aufzusuchen, in denen sich das Volk häufig aufhielt, ihre Sauberkeit zu prüfen und ihre angemessene und heilsame Temperatur, nicht so, wie es bei uns neuerdings Mode ist, wie ein Feuer, so heiß, wie um dort einen Sklaven, der eines Verbrechens überführt ist, zur Strafe bei lebendigem

Leibe einzutauchen. Es ist, so kommt es mir vor, kein Unterschied mehr, ob es im Bad brennt oder heiß ist. Da schütteln doch manche heutzutage den Kopf über Scipios bäurische Einfachheit, weil er in sein Bad nicht durch breite Fensterscheiben das Licht hereingelassen hatte, weil er sich nicht im vollen Sonnenlicht gar kochen ließ und nicht darauf wartete, im Bad seine Verdauung zu verrichten. Was war er doch für ein armer Kerl! Er verstand nicht zu leben. Er badete nicht in gefiltertem Wasser, sondern oft in trübem, ja wenn es heftiger regnete, in fast schon schlammigem Wasser. Aber es kam ihm nicht darauf an, so oder so zu baden, er kam nämlich, um seinen Schweiß dort abzuwaschen, nicht das Salböl. Was werden dazu nun so manche sagen, was meinst du? ›Ich beneide Scipio nicht. Der lebte wahrhaftig in der Verbannung, wer so badete.‹ Ja, was sagst du erst, wenn du wüsstest, dass er nicht jeden Tag badete, denn den alten Überlieferungen zufolge spülte man nur Arme und Beine täglich ab, auf denen sich natürlich der Schmutz der Tagesarbeit angesammelt hatte, ansonsten nahm man ein Vollbad nur an Markttagen [an jedem neunten Tag]. Da wird einer sagen: »Mir ist klar, dass sie damals äußerst unreinlich gewesen sind.« Was glaubst du, wonach sie gerochen haben? Nach Kriegsdienst, nach Arbeit, nach Mann! Nachdem saubere Bäder aufgekommen sind, sind die Leute aber dreckiger geworden.

VIII

Weltall, Götter und Menschen

An Lucilius

Die Weisheit haben einige definiert als das Wissen um die göttlichen und menschlichen Dinge.

Der gleiche Unterschied, mein bester Lucilius, der zwischen der Philosophie und den übrigen Wissenschaften besteht, zeigt sich meiner Ansicht nach auch in der Philosophie selbst, zwischen dem Teil, der sich auf die Menschen, und dem, der sich auf die Götter bezieht. Dieser Teil ist nämlich erhabener und großartiger. Er hat sich einen weiten Raum geschaffen, gab sich nicht zufrieden mit dem Zeugnis der Augen, sondern ahnte, dass es etwas Größeres und Schöneres gebe, das die Natur außerhalb unserer Anschauung gestellt hat. Es herrscht also zwischen beiden der gleiche Unterschied wie zwischen Göttern und Menschen. Der eine Teil der Philosophie lehrt, wie wir auf Erden handeln müssen, der andere, was im Himmel geschieht. Der eine zerstreut unsere Irrtümer und bringt uns das Licht, so dass wir uns in den Zweifelsfällen des Lebens recht entscheiden können, der andere Teil steigt weit hinauf über das Dunkel, in dem wir uns bewegen, entreißt uns der Finsternis und führt uns dorthin, wo das Licht leuchtet.

Dankbar bin ich meinerseits der Natur, wenn ich sie nicht von der Seite betrachte, wie sie jeder kennt, sondern wenn ich in ihre Geheimnisse eingedrungen bin, wenn ich lerne, was der Grundstoff des Weltalls ist, was ihr Schöpfer oder Hüter, was die Gottheit ist, ob sie ganz auf sich bezogen ist oder bisweilen auch auf uns Menschen schaut, ob sie täglich etwas schafft oder alles auf einmal geschaffen hat, ob sie ein Teil des Weltalls ist oder dieses selbst, ob sie auch heute noch etwas entscheiden oder vom Gesetz des Schicksals etwas aufheben kann. Oder wäre das eine Schmälerung ihrer Hoheit und ein Eingeständnis, dass sie irren könnte, wenn sie Dinge geschaffen hat, die der Änderung bedürfen? Zwar muss dem immer dasselbe gefallen, dem nur das Beste gefallen kann. Doch ist die Gottheit deswegen nicht weniger frei und mächtig – sie ist sich ja selbst ihr eigenes Gesetz und ihre eigene Notwendigkeit. Wenn ich mich diesen Fragen nicht widmen dürfte, dann wäre es für mich nicht wert, geboren zu sein. Warum sollte ich mich nämlich freuen, zur Zahl der Lebenden zu gehören? Etwa um Essen und Trinken wie durch ein Sieb durch mich hindurchrinnen zu lassen? Damit ich diesen kränklichen, schlaffen Körper, der zugrunde geht, wenn ich ihn nicht immer wieder anfülle, vollstopfe und lebenslang mein eigener Krankenwärter bin? Um den Tod zu fürchten, zu dem allein wir geboren sind? Nimm dieses unschätzbare Gut weg, und das Leben ist den Schweiß und die Plage nicht wert.

Welch ein armseliges Wesen ist doch der Mensch, wenn er sich nicht über das Menschliche erhebt!

Unser Denken durchbricht die Feste des Himmels und ist nicht zufrieden, nur das zu kennen, was sichtbar ist. »Das«, sagt es, »will ich erforschen, was jenseits des Weltalls liegt, ob es dort eine bodenlose Leere gibt oder ob auch dieses durch eigene Grenzen abgeschlossen ist. Wie ist das beschaffen, was sich außerhalb befindet? Ist es gestaltlos und ungeordnet, nimmt es nach jeder Richtung gleich viel Raum ein, ist auch dies nach einer bestimmten Art gegliedert und geordnet? Hängt es mit unserer Welt zusammen, oder ist es weit von dieser entfernt? Dreht sich diese im leeren Raum? Sind es unteilbare Teilchen [Atome], woraus alles besteht, was existiert und existieren wird? Oder gibt es eine in sich zusammenhängende Materie, die insgesamt veränderlich ist? Und die Urstoffe, die Elemente: Stehen sie im Gegensatz zueinander, oder kämpfen sie nicht miteinander, sondern wirken in verschiedener Weise zusammen?

Das zu erforschen ist der Mensch geboren – und

nun bedenke, wie wenig Zeit er dafür bekommen hat, auch wenn er sie ganz für sich in Anspruch nimmt. Mag er sich auch nichts aus Nachgiebigkeit entreißen, nichts aus Nachlässigkeit entgehen lassen, mag er seine Stunden geradezu geizig hüten und bis zur äußersten Grenze des Menschenlebens gelangen, wobei ihm das Schicksal nichts von dem, was ihm die Natur verliehen hat, zerstört – der Mensch ist dennoch für die Erkenntnis der unsterblichen Dinge allzu sterblich!

Es wird ein Zeitalter kommen, wo die Zeit und die sorgsame Forschung vieler Jahrhunderte das heute noch Verborgene ans Licht bringt. Wir wollen mit dem zufrieden sein, was bisher erforscht ist; etwas sollen auch unsere Nachkommen noch zur Erkenntnis der Wahrheit beitragen.

Gäbe man den Ameisen menschlichen Verstand, würden sie dann nicht auch ihr kleines Areal in viele Provinzen einteilen? Wenn du dich an jene wahrhaft hohen Orte erhebst, und du siehst Heere aufmarschieren mit fliegenden Fahnen und Reiterei, als ob etwas Weltbewegendes bevorstehe, bald als Aufklärungstruppe unterwegs, bald die Flanken deckend, da magst du mit Vergil sagen: »Schwarz zieht über die Felder der Zug« (Aen. 4,404), aber er meint bloß das Gewimmel von Ameisen, die sich auf engem Raum abmühen. Was gibt es zwischen ihnen und uns für einen Unterschied, außer dem Ausmaß ihres winzigen Körperchens?

Nur ein Punkt ist es, auf dem ihr umhersegelt, Kriege führt, Königreiche einrichtet, Zwergstaaten, auch wenn sie beiderseits an den Ozean stoßen. Droben aber, da ist der ungeheure Weltraum, den der Geist in Besitz nehmen darf, freilich nur, wenn er möglichst wenig vom Körper mit sich nimmt, wenn er alles Unreine abgestreift hat und so, ohne Ballast, leicht und mit wenigem zufrieden sich emporschwingt. Hat er die Höhen erreicht, dann wird er genährt, er wächst, und wie von Fesseln befreit kehrt er zu seinem Ursprung zurück. Das gilt ihm als Beweis seiner göttlichen Herkunft, dass er Freude am Göttlichen hat, dass er sich nicht wie ein Fremder fühlt, sondern wie einer, der zu Hause ist. Voll innerer Ruhe betrachtet er Untergang und Aufgang der Gestirne und ihre verschiedenen und doch übereinstimmenden Bahnen. Er beobachtet, wo jeder Stern der Erde zuerst sein Licht zeigt, wo der Gipfelpunkt seiner Bahn ist, und wo er untergeht. Als ein wissbegieriger Beobachter untersucht und erforscht er alles. Warum sollte er es nicht erforschen wollen? Er weiß ja, dass all dies zu ihm gehört.

Dort erst lernt der Mensch das zu begreifen, nach dem er lange auf der Suche war, dort beginnt er, Gott zu erkennen. Was ist Gott? Die Vernunft des Weltalls. Was ist Gott? Alles, was du siehst, und alles, was du nicht siehst. Dann erst gewinnt Gott in deinen Augen seine Größe, über die hinaus nichts Größeres gedacht werden kann, wenn er allein alles ist, wenn er seine Schöpfung von innen und von außen umfasst.

Was also ist der Unterschied zwischen dem Wesen der Gottheit und dem unseren? An uns ist nur der bessere Teil Geist, die Gottheit aber ist nichts als Geist; sie ist ganz Vernunft, während die sterblichen Menschen vom Irrtum umfangen sind.

Diese Welt zu betrachten, ihre Gesetze zu erkennen, sich in diese Fragen zu vertiefen, heißt das nicht, die Grenzen seiner Sterblichkeit zu überspringen und in eine höhere Existenz aufgenommen zu werden? »Was soll dir«, fragst du, »das alles nützen?« Wenn es auch keinen praktischen Nutzen bringen würde, so doch dieses: Ich werde wissen, dass alles beschränkt ist, wenn ich mir das Göttliche zum Maßstab genommen habe.

Wer sich mit solchen Betrachtungen beschäftigt, was leistet er für die Gottheit? Dass dieses ihr großes Werk nicht ohne Zeugen sei.

Der Geist kann niemals in der Verbannung festgehalten werden, er ist frei, den Göttern verwandt, jeder Welt, jeder Zeit gewachsen. Denn sein Denken umfasst das ganze Weltall und durchdringt jede vergangene und zukünftige Zeit. Dieser armselige Körper, Kerker und Fessel des Geistes, wird hin- und hergeworfen, an ihm üben sich Qual und Pein, Räubereien, Krankheiten; der Geist selbst ist unverletzlich und ewig, an ihn kann niemand Hand anlegen.

An Lucilius

[Statt irgendwelcher Streitgespräche] sag doch lieber, wie es der Natur gemäß ist, seinen Geist bis ins Unendliche auszudehnen. Groß und edel ist der menschliche Geist; keine Grenzen lässt er sich setzen außer denen, die er auch mit der Gottheit gemeinsam hat. Er nimmt es nicht hin, dass sich sein Vaterland auf fest begrenzte Wohnorte beschränkt, wie Ephesus oder Alexandria, oder wenn es jetzt noch einen anderen Ort gibt, mit noch mehr Einwohnern und schöneren Gebäuden. Vaterland ist ihm der Raum, den der Himmel und das All umfassen, das ganze Gewölbe, in dem Meere und Länder der Erde liegen, in dem der Äther die menschliche Sphäre von der göttlichen trennt und doch wieder verbindet, in dem so viele Gestirne ihren vorbestimmten Lauf vollziehen.

Wie sollen wir Wohltaten erweisen? Wir haben uns vorgenommen, im Einklang mit der Natur zu leben und dem Beispiel der Götter zu folgen. Die Götter aber, was sie auch tun, wem folgen sie als nur dem Gesetz ihres Tuns? Oder meinst du, sie empfingen den Lohn ihrer Werke aus dem Rauch der Eingeweide der Opfertiere und dem Duft des Weihrauchs? Sieh nur, wie viel sie täglich ins Werk setzen: Sie teilen Gaben aus, erfüllen die Erde mit Früchten, lassen günstige Winde wehen, tränken den Boden mit Regengüssen, lassen versiegte Quellen wieder fließen und geben ihnen neue Kraft. All das tun sie ohne Lohn, ohne dass sie einen Vorteil davon haben. Davon soll auch unser Verhalten geprägt sein, wenn es vom göttlichen Vorbild nicht abweichen soll, dass wir nämlich eine gute Tat nicht von einer Belohnung abhängig machen. Schämen wollen wir uns, wenn unsere Wohltat käuflich ist: Umsonst haben wir die Götter.

Wenn du, so kann man sagen, die Götter nachahmst, dann erweise auch undankbaren Menschen Wohltaten, denn auch über Verbrechern geht die Sonne auf, und Seeräubern steht das Meer offen.

Das hast du mich gefragt, lieber Lucilius: Warum, wenn doch die Welt von göttlicher Vorsehung regiert wird, müssen gute Menschen so viel Böses leiden?

Ich will dich aussöhnen mit den Göttern, die den Besten gegenüber nur das Beste wollen. Das kommt ja in der Natur überhaupt nicht vor, dass Gutes dem Guten schadet. Zwischen guten Menschen und den Göttern besteht Freundschaft, beruhend auf der Tugend. Freundschaft, sage ich? Nein, es ist sogar eine Verwandtschaft und Ähnlichkeit. Ein guter Mensch ist ja nur durch die Zeitlichkeit von Gott unterschieden, er ist sein Schüler, Nachahmer und echter Abkömmling, und er, der erhabene Vater, kein nachsichtiger Hüter der Tugenden, erzieht ihn, wie strenge Väter, ziemlich hart. Wenn du daher tüchtige und den Göttern genehme Menschen siehst, wie sie sich im Schweiße ihres Angesichts abmühen und sich auf steilen Pfaden aufwärtskämpfen, während die Schlechten sich's wohl sein lassen und ihren Genüssen frönen, so bedenke, dass ja auch uns an unseren Kindern ein anständiges Betragen erfreut, keckes Benehmen nur an Sklavenkindern. Unsere Kinder halten wir in recht strenger Zucht, die anderen dürfen ruhig etwas vorlaut sein. Das gleiche musst du dir bei Gott vorstellen. Mit einem tüchtigen Menschen geht er nicht spielerisch um, ihn erprobt er, härtet ihn ab, formt ihn zu seinem Dienst.

»Ja aber warum begegnet den tüchtigen Menschen so viel Widriges?« Einem tüchtigen Menschen kann nichts Schlechtes widerfahren. Gegensätze vermischen sich nicht. Wie die vielen Flüsse, die Regengüsse, die große Menge von mineralischen Quellen den Salzgehalt des Meerwassers nicht verändern, ja nicht einmal mindern, so wandelt der Ansturm des Unheils den Sinn eines tüchtigen Menschen nicht. Er bleibt fest stehen, und was auch geschieht, er weiß damit auf seine Weise fertig zu werden. Denn er steht über allen äußeren Dingen. Ich sage nicht, er empfindet es gar nicht, aber er besiegt es; und, ohnehin schon ruhig und gelassen, geht er nun entschieden gegen alles vor, was auf ihn einstürmt. Alle Schicksalsschläge sind für ihn ein Training. Es wird wohl jeder, wenn er nur ein ehrenhafter Mensch ist, nach entsprechenden Bewährungsproben verlangen, bereit sein, seine Pflicht zu tun, auch wenn dies mit Gefahren verbunden ist. Ist das Nichtstun für einen tatenfrohen Menschen nicht eine Strafe? Wir sehen die Athleten, die ihre Kräfte messen wollen, immer mit den Stärksten kämpfen, sie verlangen von ihren Wettkampftrainern, dass diese mit voller Kraft gegen sie antreten. Sie lassen sich schlagen und quälen, und wenn sie keine einzelnen gleichstarken Gegner finden, dann kämpfen sie mit mehreren gleichzeitig. Die Tugend erschlafft, wenn sie keinen Widerpart hat. Dann aber erscheint sie in voller Größe und Wirkungskraft, wenn sie ihr Durchhaltevermögen zeigen konnte. Dementsprechend müssen auch tüchtige Menschen handeln: Sie dürfen Hartes und Schweres nicht scheuen noch sich über das Schicksal beklagen. Was auch geschieht, das sollen sie willig annehmen und es zum Guten wenden. Nicht *was* du erträgst, sondern *wie* du es erträgst – darauf kommt es an.

Siehst du nicht, wie Väter und Mütter ihre Liebe auf ganz unterschiedliche Weise zeigen? Die Väter halten die Kinder schon früh am Morgen zu ihren Studien an und lassen sie auch an Feiertagen nicht müßiggehen; sie nötigen ihnen Schweiß und mitunter auch Tränen ab. Die Mütter aber wollen sie auf dem Schoß hätscheln, immer im Schatten halten, niemals sollen sie traurig sein, niemals weinen, niemals sich abmühen. Gott ist nun den Guten gegenüber gesinnt wie ein Vater und liebt sie mit väterlicher Strenge. »Durch Anstrengungen«, sagt er, »durch Schmerzen und Schaden sollen sie angetrieben werden, damit sie echte Kraft gewinnen.« Saft- und kraftlos wird ein Körper, wenn er durch Untätigkeit gemästet wurde, und er versagt nicht erst bei Anstrengung, sondern schon durch Bewegung und das eigene Gewicht. Keinen einzigen Schlag hält ein Glück aus, das nie auf den Prüfstand gestellt wurde. Wer aber beständig mit seinen Widrigkeiten im Kampf liegt, der bekommt durch die Schläge eine Hornhaut und weicht vor keinem Unheil zurück; wenn er niedergebrochen ist, dann kämpft er auf den Knien weiter. Wunderst du dich, dass der Gott, der die Guten am meisten liebt und will, dass sie die Besten und die Allertüchtigsten werden, ihnen ein Los zuteilt, durch das sie geprüft und geübt werden sollen?

Du fragst: »Warum lässt Gott es dennoch zu, dass guten Menschen etwas Böses geschieht?« Er lässt es gerade nicht zu! Alles Böse hält er von ihnen fern: Verbrechen, Schändlichkeiten, böse Gedanken und gierige Wünsche, blinde Begierde und Habsucht, die nach fremdem Hab und Gut strebt. Sie selbst behütet und bewahrt er. Oder verlangt einer von Gott, er solle auch noch auf die Habseligkeiten der Guten aufpassen? Sie selbst erlassen dem Gott diese Sorge; sie achten ja alle äußerlichen Dinge gering.

Denk dir daher, dass Gott sagt: »Was habt ihr für einen Grund, euch über mich zu beklagen, ihr, die ihr das Rechte gewählt habt? Die anderen habe ich mit Scheingütern ausgestattet und habe ihre leeren Gemüter getäuscht wie mit einem langen trügerischen Traum. Mit Gold, Silber und Elfenbein habe ich sie geschmückt, in ihrem Innern aber ist nichts Gutes. Könntet ihr diejenigen, die ihr für glücklich haltet, nicht von ihrer Schauseite sehen, sondern in ihr verborgenes Innere blicken: Dort sind sie elend, schmutzig, niedrig, wie die Wände ihrer Häuser, nur äußerlich übertüncht. Das ist kein sicheres, kein echtes Glück, nur Firnis ist es, und zwar ein dünner.

Euch gab ich sichere und bleibende Güter; die umso größer und besser erscheinen, je mehr man sie hin und her wendet und von allen Seiten betrachtet.

Ich habe euch gewährt, das zu verachten, was andere fürchten, und Widerwillen zu empfinden gegen leidenschaftliche Begierden. Nach außen hin glänzt ihr nicht, eure Güter sind nach innen gerichtet. In euer Inneres habe ich alles Gut gelegt; kein Glück zu brauchen, das ist euer Glück.

An Lucilius

In der Natur regiert, wie du siehst, der Wechsel: auf Wolken folgt heiterer Himmel, aufgewühlt wird das Meer, nachdem es ruhig dalag, die Winde wehen aus entgegengesetzten Richtungen, auf die Nacht folgt der Tag; ein Teil der Gestirne steigt auf, ein anderer geht unter: aus den Gegensätzen der Welt besteht die Ewigkeit.

Auf diese Gesetzmäßigkeit muss sich auch unser Geist einstellen, ihr folgen, ihr gehorchen. Was immer geschieht, musste so geschehen, das müssen wir einsehen und nicht der Natur Vorwürfe machen. Am besten ist es, hinzunehmen, was du nicht verbessern kannst, und dem Gott, nach dessen Willen alles geschieht, sich ohne Murren anzuschließen: Ein schlechter Soldat, der seinem Feldherrn nur unter Ächzen und Stöhnen folgt. Nehmen wir daher unverdrossen und voll freudigem Eifer die Befehle der Gottheit entgegen und verlassen wir nicht die Bahn, auf der dieses herrliche Werk abläuft, in das all unser Tun und Leiden verflochten ist. Und so wollen wir Jupiter anreden, der dieses Weltall steuert und lenkt, wie unser Kleanthes ihn mit äußerst beredten Versen anspricht. Ich darf sie in unsere Sprache übersetzen nach dem Vorbild Ciceros, des wortgewaltigen Redners.

»Führe mich, du Vater und Herrscher des hohen Himmels,
wohin es dir gefällt. Ich zögere nicht zu gehorchen.
Da bin ich, unverdrossen. Gesetzt, ich wollte nicht,
so müsste ich dir unter Seufzen und Stöhnen folgen
und als ein Schlechter das dulden, was mir als Guter freigestanden hätte.
Den Willigen führt das Schicksal, den Unwilligen schleppt es fort.«

So wollen wir leben, so sprechen. Bereitwillig und unverdrossen soll uns das Schicksal vorfinden. Der hat eine hochherzige Gesinnung, der sich ihm ganz überlässt. Kleinlich ist dagegen derjenige und seiner Abkunft unwürdig, der widerstrebt und über die Weltordnung schlecht denkt und eher die Götter bessern will als sich selbst.

IX

Der Mensch, dem Menschen heilig?

An Lucilius

Nun die zweite Frage [nach der über die Götter]: Wie man mit den Menschen umgehen muss. Was tun wir? Welche Vorschriften geben wir? Dass wir Menschenblut schonen? Das wäre ja reichlich wenig, dem nicht zu schaden, dem du nützen müsstest! Es ist gewiss höchst löblich, wenn ein Mensch sanft und freundlich mit einem anderen Menschen umgeht. Werden wir vorschreiben, dass er einem Schiffbrüchigen die Hand hinstreckt, dem Irrenden den Weg zeigt, mit dem Hungernden sein Brot teilt? Warum soll ich alles einzeln aufzählen, was zu tun und zu lassen ist? Ich kann ihm doch ganz kurz die folgende Grundregel der Menschenpflicht weitergeben: Alles, was du siehst, worin Göttliches und Menschliches eingeschlossen ist, bildet eine Einheit: Glieder eines großen Körpers sind wir. Die Natur hat uns als Blutsverwandte geschaffen, als sie uns aus demselben Stoff und zu derselben Bestimmung erzeugte. Sie hat uns die Liebe zueinander eingepflanzt und uns zu geselligen Wesen gemacht. Sie hat Recht und Billigkeit festgelegt; nach ihrer Gesetzmäßigkeit ist es schlimmer, anderen zu schaden, als Schaden zu erleiden; ihrem Gebot zufolge sollen unsere Hände zum Helfen bereit sein. Folgenden Vers [des Terenz] soll man im Herzen und auf der Zunge haben:

»Ein Mensch bin ich, nichts Menschliches ist mir, so meine ich, fremd.«

Halten wir uns an das Gemeinsame: Für die Gemeinschaft sind wir geboren. Unsere menschliche Gesellschaft gleicht einem Bogengewölbe aus Steinen. Es würde zusammenbrechen, wenn sich die Steine nicht gegenseitig stützten und so das Gewölbe aufrecht hielten.

An Lucilius

Man lebt in einer Gemeinschaft. Niemand kann glücklich leben, der nur auf sich selbst schaut, der alles zu seinem eigenen Nutzen wendet. Für den anderen sollst du leben, wenn du für dich leben willst.

An Lucilius

Wenn denn an der Philosophie etwas Gutes ist, dann doch dies: Sie schaut nicht auf die Ahnenreihe; alle stammen, wenn man auf ihren allerersten Ursprung zurückgeht, von den Göttern ab. Die rechte geistige Einstellung zu haben steht allen offen. In Hinblick darauf sind wir alle adlig. Weder weist die Philosophie jemanden zurück, noch wählt sie einen aus; sie lässt ihr Licht für alle leuchten. Sokrates war keineswegs ein Patrizier, Kleanthes trug Wasser und arbeitete für Geld, um Gärten zu gießen, Platon wurde von der Philosophie nicht aufgenommen, weil er von Adel war, sondern sie hat ihm den [wahren] Adel verliehen. Alle diese sind deine Vorfahren, wenn du dich ihrer würdig erweist.

Keiner ist vornehmer als ein anderer, außer wenn er eine bessere charakterliche Veranlagung hat, noch verbunden mit einer entsprechenden Ausbildung. Die da Ahnenbilder im Empfangsraum aufstellen und die Namen ihrer Familie in langer Reihe und in einem weitverzweigten Stammbaum gleich vorne am Eingang anbringen, sind sie nicht eher vorn dran als vornehm? Vater einzig und allein von allen ist das Weltall, dorthin führt sich der Ursprung eines jeden zurück, sei es über glänzende oder über niedrige Stufen. Du brauchst dich von solchen nicht blenden zu lassen, die, wenn sie ihre Vorfahren durchmustern, dort, wo ein illustrer Name fehlt, einen Gott einsetzen. Achte niemand gering, auch wenn bei ihm nur bescheidene Namen zu finden sind und das Schicksal ihm zu wenig aufgeholfen hat. Ob ihr Freigelassene vor euch habt oder Sklaven oder Menschen auswärtiger Völker, geht beherzt auf sie zu, und wenn euch etwas nicht so Vornehmes im Wege liegt, setzt euch darüber hinweg, es erwartet euch schließlich wahrer Adel.

Was erheben wir uns aus Hochmut zu einer solchen Eitelkeit, dass wir es für unter unserer Würde halten, Wohltaten von Sklaven anzunehmen und nur auf ihre Stellung sehen, ihre Verdienste aber vergessen? Du nennst jemand einen Sklaven – du, Sklave der Wollust, der Gurgel und einer Dirne – nein, deiner Dirnen gemeinschaftliches Besitztum? Einen Sklaven nennst du jemanden? Wohin lässt du dich denn eilends bringen von diesen Trägern, die dein Lager herumschleppen? Wohin bringen dich deine Sänftenträger in ihrer beinahe militärischen Livree, wohin, sage ich, bringen sie dich? An die Haustür irgendeines Türhüters, zu den Gärten irgendeines Menschen, der nicht einmal ein ordentliches Amt innehat [aber Beziehungen], und dann behauptest du, dir könne von einem Sklaven keine Wohltat erwiesen werden – du, für den der Kuss eines fremden Sklaven eine Wohltat ist! Was sind das für wirre Gedankengänge bei dir? Im gleichen Moment verachtest du Sklaven und verehrst sie, kehrst den großen Herrn heraus zu Hause und kuschst draußen: Du wirst so verachtet werden, wie du selbst andere verachtest.

Das musste gesagt werden, um die Unverschämtheit von Menschen in Grund und Boden zu verdammen, die ihre Stellung nur dem Schicksal verdanken, und um den Sklaven das Recht zu sichern, dass auch sie Wohltaten erweisen können.

An Lucilius

Gern habe ich von Leuten, die aus deiner Gegend kamen, erfahren, dass du freundschaftlich mit deinen Sklaven zusammenlebst. Das entspricht deiner Einsicht, deiner Bildung. ›Sklaven sind sie.‹ ›Nein, Menschen.‹ ›Sklaven sind sie.‹ ›Nein, Hausgenossen.‹ ›Sklaven sind sie.‹ ›Nein, Freunde von niederem Stand.‹ ›Sklaven sind sie.‹ Nein, Mitsklaven, wenn du bedenkst, dass das Schicksal die gleiche Macht gegenüber Freien wie Sklaven hat. Daher muss ich lachen über diese Leute, die es für eine Schande halten, mit ihren Sklaven gemeinsam zu speisen. Wieso eigentlich? Nur weil eine wichtigtuerische Gewohnheit aufgekommen ist, dass der Herr, wenn er speist, von einer Schar stehender Sklaven umgeben ist. Und er isst mehr, als er vertragen kann; mit einer Riesengier überlädt er den übervollen Magen, der schon seiner eigentlichen Aufgabe des Verdauens entwöhnt ist, so dass er unter noch größerer Mühe all das wieder von sich gibt, als er es in sich hineingeschaufelt hat. Doch den unglückseligen Sklaven ist es nicht einmal erlaubt, die Lippen zu bewegen, um zu sprechen; mit der Rute wird jedes Murmeln unterdrückt. Und selbst bei unwillkürlichen Regungen bleiben Schläge nicht aus, wie bei Husten, Niesen, Schluckauf. Hat man die Stille nur durch einen Laut unterbrochen, wird es mit einer Tracht Prügel gebüßt. Die ganze Nacht über stehen sie da, nüchtern und stumm.

So kommt es, dass die über ihren Herrn reden, denen es nicht erlaubt ist, vor ihrem Herrn zu sprechen. Die aber, die nicht nur in Gegenwart ihres Herrn den Mund auftun durften, die vielmehr sogar ein Gespräch mit ihm führen konnten, denen man nicht den Mund stopfte –, die zeigten sich bereit, für ihren Herrn den Kopf hinzuhalten und eine ihm drohende Gefahr auf ihr eigenes Haupt abzulenken. Bei Tisch redeten sie, aber auf der Folter schwiegen sie. Und da kommt man mit einem Sprichwort, das von gleicher Überheblichkeit zeugt: Es gebe so viel Feinde, wie es Sklaven gebe. Wir haben sie nicht zu Feinden, wir machen sie dazu.

Indessen will ich andere Grausamkeiten und Unmenschlichkeiten übergehen: dass wir sie nicht wie Menschen, sondern wie Arbeitstiere gebrauchen. Wenn wir uns zum Abendessen niedergelassen haben, dann wischt einer die Spucke auf, ein anderer muss, unter das Speisesofa gebückt, die Hinterlassenschaften von Betrunkenen auflesen. Wieder ein anderer tranchiert teures Geflügel; durch Brust und Keulen führt er mit sicheren Schnitten die geübte Hand und löst Stücke aus, der Unglückliche, der allein dafür lebt, Mastgeflügel kunstgerecht zu zerschneiden. Wenn nicht der noch elender ist, der dies um der Genusssucht wegen lernen lässt, als wer es gezwungenermaßen lernt. Noch ein anderer, der Mundschenk, nach Frauenart herausgeputzt, kämpft mit seinem Alter, er kann dem Knabenalter nicht entfliehen, man holt ihn zurück, und so muss er, dem Wuchs nach schon reif für den Wehrdienst, glattrasiert oder durch Auszupfen gänzlich enthaart, die ganze Nacht wachbleiben, und sie zwischen Trunksucht und Wollust seines Herrn teilen: im Schlafzimmer ein Mann, beim Gastmahl ein Knabe. Wieder ein anderer, dem die Beurteilung der Gäste übertragen ist, steht bekümmert herum und gibt acht, wer sich durch Schmeichelei und Unmäßigkeit von Gaumen und Zunge zu einer Wiedereinladung für morgen empfiehlt. Dazu noch die Delikatesseneinkäufer, Spezialisten, was den herrschaftlichen Gaumen angeht, die wissen, welche Speise mit ihrem Geschmack den Appetit des Herrn anreizt, welche ihn schon durch ihren Anblick erfreut, welches neuartige Gericht ihn bei Übelkeit wiederherstellen kann, was ihm, da er sich daran überfressen hat, zuwider ist und worauf er gerade an diesem Tag Appetit hat.

Mit diesen Menschen zu speisen, das erträgt er nicht und hält es für eine Minderung seines herrschaftlichen Ansehens, sich mit seinem Sklaven am selben Tisch niederzulassen. Gott bewahre! Doch wie viele von solchen hat er als Herren!

Bedenke doch nur: Derjenige, den du deinen Sklaven nennst, ist aus demselben Samen entstanden, freut sich desselben Himmels, atmet ebenso, lebt ebenso, stirbt ebenso wie du! Du kannst ihn ebenso als Freigeborenen ansehen wie er dich als Sklaven. Nach der Niederlage des Varus hat das Schicksal viele Männer von glänzender Herkunft, die sich aufgrund ihres militärischen Einsatzes den Rang eines Senators erhofften, in die Tiefe gestürzt: Einen von ihnen machte es als Gefangenen zum Viehhirten, einen anderen zum Wächter einer Hütte. Verachte nun einen Menschen, der sich nach dem Willen des Schicksals in einer Lage befindet, in die du geraten kannst, noch während du ihn verachtest.

Ich will mich nicht auf ein weites Feld begeben und die Behandlung von Sklaven ausführlich erörtern, mit denen wir in höchstem Maße überheblich, brutal und menschenverachtend umgehen. Folgendes ist der Kernpunkt meiner Ratschläge: Lebe so mit einem Tieferstehenden, wie du willst, dass ein Höhergestellter mit dir lebt! Geh mild mit deinen Sklaven um, ja sogar höflich, lass sie auch am Gespräch teilnehmen, an der Beratung, an der Mahlzeit. Verehren sollen sie dich lieber als fürchten. Da wird mir die ganze »feine Gesellschaft« zurufen: »Wie denn? Alle Sklaven werde ich an meinen Tisch setzen?« Nein, ebenso wenig wie alle Freien. Du irrst dich aber, wenn du annimmst, ich würde einige von ihnen wegen ihrer scheinbar zu schmutzigen Tätigkeit abweisen, denk etwa an den Maultiertreiber hier oder den Rinderhirten dort. Nicht nach ihren Diensten werde ich sie einschätzen, sondern nach ihrem Charakter. Jeder formt sich seinen Charakter selbst, die Dienstleistungen bestimmt der Zufall. Manche sollen mit dir speisen, weil sie es wert sind, manche, damit sie es werden: Wenn ihnen nämlich aufgrund ihres Lebens in niedriger Umgebung etwas Sklavisches anhängt, wird es der Umgang mit kultivierteren Menschen abschleifen.

Du brauchst, mein lieber Lucilius, einen Freund nicht nur auf dem Forum und in der Kurie zu suchen; wenn du aufmerksam hinschaust, wirst du ihn auch zu Hause finden.

An Lucilius

Die Philosophie hatte es einstmals leichter mit solchen Menschen, die nur geringere Fehler begingen und daher auch mit einfacherer Behandlung zu heilen waren. Bei diesem gewaltigen Sittenverfall heutzutage aber müssen alle Kräfte aufgeboten werden. Wenn doch diese Pest so endlich einmal überwunden würde!

Nicht nur im Privatleben, auch in der Öffentlichkeit wüten wir gegeneinander. Gegen Totschlag und einzelne Mordtaten gehen wir vor. Aber wie steht es mit den Kriegen und dem »glorreichen« Verbrechen des Völkermords? Raffsucht und Grausamkeit kennen weder Maß noch Ziel. Und selbst solche Untaten sind, im Geheimen und von Einzelpersonen verübt, noch weniger schädlich und weniger ungeheuerlich. Aber – aufgrund von Senatsbeschlüssen und Volksentscheiden werden Grausamkeiten verübt, und es wird von Staats wegen befohlen, was im Privatleben verboten ist. Was als heimlich begangene Tat mit der Todesstrafe gebüßt würde, das loben wir, weil es Männer im Feldherrnmantel getan haben. Die Menschen, eigentlich die sanftesten Lebewesen, schämen sich nicht, Freude zu haben am gegenseitigen Blutvergießen, Kriege zu führen, die sie noch ihren Kindern zur Weiterführung vererben – dabei halten doch sogar die vernunftlosen wilden Tiere innerhalb ihrer Gattung Frieden untereinander.

Genuss sucht man in allem. Kein Laster bleibt in seinen Grenzen. Die Genusssucht führt direkt in die Habsucht. Die Missachtung des Ehrenhaften hat sich überall ausgebreitet; nichts ist schimpflich, wenn nur der Preis stimmt. Der Mensch, dem Menschen heilig, wird nun zu Spiel und Spaß umgebracht. Es wäre schon ein Frevel, ihn dazu auszubilden, Wunden zu schlagen und zu empfangen. Jetzt aber muss er nackt und wehrlos auftreten, und der Tod eines Menschen von Menschenhand gilt als ein willkommenes Schauspiel. Angesichts dieser Perversion der Sitten benötigt man ein außergewöhnlich starkes Mittel, um diese eingefleischten Übel zu beseitigen. Mit philosophischen Grundsatzlehren muss man zu erreichen suchen, die tief eingewurzelte falsche Wertordnung mit Stumpf und Stiel auszurotten. Fügen wir diesen Lehren noch Weisungen, Ermutigungen und Ermahnungen hinzu, dann werden sie Wirkung haben können. Für sich allein sind Lehrsätze unwirksam.

An Lucilius

Was du meiner Meinung nach besonders meiden sollst, fragst du: die große Masse. Schädlich ist der Umgang mit vielen. Da ist keiner, der uns nicht irgendeine Untugend empfiehlt oder aufdrängt oder sie uns ohne unser Wissen anhängt. Jedenfalls, je größer die Volksmenge, unter die wir uns mischen, desto größer ist die Gefahr. Nichts ist aber so schädlich für einen guten [aber ungefestigten] Charakter wie das müßige Herumsitzen bei irgendeinem Spektakel. Da schleichen sich nämlich beim Vergnügen leicht Laster ein. Was, glaubst du, meine ich damit? Habgieriger gehe ich heim, ehrgeiziger, genusssüchtiger, ja mehr noch: grausamer und unmenschlicher, weil ich unter Menschen gewesen bin.

An Lucilius

Durch Zufall geriet ich in eine Mittagsvorstellung im Zirkus und erwartete Spaß, witzige Scherze und etwas Entspannung, wobei sich die Augen der Menschen vom menschlichen Blutvergießen erholen können. Ganz im Gegenteil: Was vorher gekämpft wurde, war noch barmherzig; jetzt verzichtet man auf unnütze Vorkehrungen, es ist der reine Menschenmord. Nichts haben sie, um sich zu schützen. Dem Hieb mit dem ganzen Körper ausgesetzt, stoßen auch sie niemals vergeblich zu. Das ziehen die meisten Zuschauer den üblichen Zusammenstellungen von technisch versierten und beliebten Kämpferpaaren vor. Und warum sollten sie nicht? Kein Helm, kein Schild wehrt die Waffe ab. Wozu Schutzpanzer? Wozu Fechtkünste? All das verzögert nur den Tod. Morgens wirft man die Menschen den Löwen und Bären vor, mittags ihren Zuschauern. Schlächter lassen sie den künftigen Schlächtern entgegentreten und sparen den Sieger für ein weiteres Blutvergießen auf. Am Ende sind alle Kämpfer tot. Feuer und Schwert tun ihre Arbeit. Das geschieht während der Mittagspause in der Arena. »Aber«, sagt man, »einen Raubüberfall hat einer da verübt, hat einen Menschen umgebracht.« Was also? Weil er ein Mörder ist, hat er es verdient, das zu erleiden. Aber was hast du, du Unseliger, verdient, dass du dir das anschauen musst? »Töte, schlag zu, brenne! Warum läuft er so zaghaft ins Schwert?

Warum tötet er nicht forsch genug? Warum stirbt er so ungern? Mit Peitschenhieben soll man ihn seinen Wunden entgegentreiben, ihren Schwerthieben sollen sie gegenseitig die nackte Brust hinhalten!« Die Vorstellung wird unterbrochen: »Inzwischen soll man einigen Menschen die Kehle durchschneiden, damit wenigstens was passiert!« Wahrhaftig, nicht einmal dies wollt ihr begreifen, dass schlechte Beispiele auf die zurückwirken, die sie geben!

An Lucilius

Werde du weder den Bösen ähnlich, weil sie in der Mehrzahl sind, noch feindlich gegenüber den vielen, weil sie ganz anders sind als du. Zieh dich in dich selbst zurück, soweit du kannst! Verkehre mit solchen, die dich besser machen können, und lass die zu dir, die du bessern kannst. Das ist ein Vorteil auf Gegenseitigkeit; während die Menschen lehren, lernen sie.

An Lucilius

Was regst du dich auf über Dinge, die dir begegnen, aber auch nicht begegnen können? Einen Brand meine ich, den Einsturz eines Gebäudes und andere Ereignisse, die über uns hereinbrechen, uns aber nicht aus dem Hinterhalt überfallen. Darauf achte lieber, dem geh aus dem Weg, was uns auflauert, was uns abfangen will. Seltene, wenn auch schwere Unglücks-

Gladiatoren auf einem Mosaik aus Torre Nuova

fälle sind das: ein Schiffbruch, ein Sturz mit dem Reisewagen. Vom Menschen aber droht dem Menschen tagtäglich Gefahr. Dagegen rüste dich, darauf richte deine Aufmerksamkeit. Kein Unglück ist häufiger, keines ist so hartnäckig, keines kommt so einschmeichelnd daher. Ein Unwetter zieht drohend auf, bevor es losbricht, Gebäude krachen und knistern, bevor sie einstürzen, ein Brand kündigt sich durch Rauch an; ganz plötzlich kommt das Unheil von einem Menschen daher, und je näher es kommt, desto sorgfältiger tarnt es sich. Du täuschst dich, wenn du der Miene derer traust, die dir begegnen. Sie haben das Aussehen von Menschen, aber das Wesen von wilden Tieren, nur dass bei denen der erste Angriff die Hauptgefahr bildet. Von wem sie einmal abgelassen haben, dem stellen sie nicht weiter nach. Nie treibt sie ja etwas anderes zum Angriff als die natürliche Notwendigkeit: Hunger oder Angst nötigen sie zum Kampf. Dem Menschen aber macht es Freude, seinen Mitmenschen zugrunde zu richten.

Die Winde sind doch immer noch gute Gaben der Natur, wenn sie auch Schaden bringen durch die Schuld der Menschen, die sie missbrauchen. Die Vorsehung und der Weltenschöpfer gaben den Winden die Aufgabe, die Atmosphäre zu reinigen, und ließen sie von allen Seiten wehen, damit auf der Erde nichts fault und verkümmert – nicht aber dazu, dass wir Flotten mit Bewaffneten ausrüsten, um ganze Teile des Meeres in Besitz zu nehmen und nach Feinden auf oder hinter dem Meer zu suchen. Welcher Wahnsinn treibt uns an und bestimmt uns zu gegenseitigem Verderben? Wir geben die Segel den Winden und fahren aus zum Krieg und stürzen uns in die Gefahr um der Gefahr willen, fordern ein ungewisses Schicksal heraus und die Gewalt der Stürme, von keiner Menschenmacht besiegbar, und einen Tod ohne Begräbnis.

Was treiben wir die Völker zu den Waffen? Wozu stellen wir Heere auf zum Stellungskrieg mitten in den Meeresfluten? Wozu stören wir die Ruhe der Meere? Ja die Erde bietet uns anscheinend nicht Raum genug für Sterben und Tod! Der Wohlstand verwöhnt uns wohl zu sehr, gab uns allzu widerstandsfähige Körper und eine robuste Gesundheit. Keine Katastrophe rafft uns hinweg, jeder kann sich seine Lebensjahre bequem abzählen und es zu einem hohen Alter bringen. Also gehen wir hinaus aufs hohe Meer und fordern das zögerliche Geschick gegen uns heraus!

Ihr Elenden, was sucht ihr? Den Tod, den es überall reichlich gibt? Er wird euch schon heimsuchen, auch im Bett, hoffentlich mit reinem Gewissen. Er packt euch im eigenen Haus, doch er soll euch nicht vorfinden, wenn ihr etwas Böses plant.

Das [von dem wir sprachen] ist doch der pure Wahnsinn, Gefahren um sich herum zu verbreiten, auf Unbekannte loszustürmen, in rasendem Zorn, ohne durch ein Unrecht dazu herausgefordert zu sein, alles, was einem in den Weg kommt, zu verwüsten und wie wilde Tiere Menschen zu töten, die man gar nicht hasst. Dabei gebrauchen wilde Tiere ihre Zähne nur, um sich zu verteidigen oder aus Hunger. Wir aber – wir kennen keine Schonung eigenen oder fremden Blutes, legen selbst Hand an, schieben die Schiffe ins Meer, vertrauen unser Leben den Fluten an und wünschen uns günstige Winde: günstig, damit wir unseren Kriegsschauplatz erreichen.

Es trüge viel zum Frieden der Menschen bei, wenn die Meere verschlossen wären. Und doch können wir wie gesagt uns nicht über die Gottheit beklagen, die uns schuf, wenn wir ihre Wohltaten missbrauchen und ins Gegenteil verkehren. Gott schuf die Winde, damit wir erkennen, was jenseits unserer Grenzen liegt. Der Mensch wäre ja unwissend und ohne rechte Erprobung seiner Möglichkeiten, wenn er nur auf den Bereich seiner Heimat beschränkt geblieben wäre. Gott gab uns die Winde, um die Güter jeder Gegend zum Gemeingut zu machen, nicht aber, um Flotten mit Legionen und Reiterei auszurüsten, und nicht, um Waffen, die anderen Völkern Verderben bringen sollen, übers Meer zu transportieren. So hatte die Natur auch die Winde als etwas Gutes geschaffen, wir haben selbst das Gegenteil daraus gemacht.

Nun hat sich schon das Meer ergeben und duldet alle Gebote, es braucht keine Argo mehr, das berühmte Schiff, von der Hand Pallas Athenes zusammengefügt, von Königen gerudert [den Argonauten]. Jeder beliebige Kahn durchfährt das hohe Meer. Alle Marksteine sind aufgehoben, und Städte haben ihre Mauern in Neuland errichtet, nichts bleibt an seinem früheren Sitz, denn der Erdkreis steht allen offen. Der Inder trinkt aus dem eisigen Araxes, der Perser trinkt aus Elbe und Rhein. Kommen wird in späteren Jahrhunderten die Zeit, wo der Okeanusstrom seine Fesseln lockert und ein riesiges Land sich weithin ausbreitet, wo Tethys [die Meeresgottheit] neue Erdkreise aufdeckt, und das äußerste Land ist Thule nicht mehr.

Was führen wir Fehden gegeneinander, warum schaffen wir uns selber Kampf und Streit, warum vergessen wir unsere menschliche Schwachheit und veranstalten Hassorgien und recken uns empor, um andere zu zerbrechen – wir zerbrechlichen Wesen?

Nicht lange, und diese Feindschaften, die wir mit unversöhnlich hartem Herzen austragen, werden abgebrochen durch ein Fieber oder ein anderes körperliches Leiden. Nicht lange, und zwischen ein erbittertes Kämpferpaar tritt der Tod und trennt sie. Was toben wir und stürzen unser Leben in Aufruhr?

Warum willst du nicht lieber den Ertrag deines kurzen Lebens sammeln und es friedvoll sein lassen für dich und andere? Warum willst du dich nicht lieber zu einem Menschen machen, den alle zu seinen Lebzeiten lieben und nach seinem Tod vermissen? Schon bald werden wir ja unsern Lebensatem aushauchen. Inzwischen, solange wir noch Atem holen, solange wir unter Menschen leben, wollen wir Menschlichkeit üben. Für niemanden wollen wir ein Anlass zur Furcht oder eine Gefahr sein. Wir wollen Schaden, Ungerechtigkeiten, Beschimpfungen, üble Kritik für nichts achten und großherzig solche ja nur kurz andauernden Widrigkeiten ertragen. Während wir uns umschauen und, wie man so sagt, im Handumdrehen ist schon unser sterbliches Schicksal da.

X
Handeln lehrt die Philosophie, nicht reden

An Lucilius

»Maus ist eine Silbe; die Maus aber nagt den Käse an; also nagt eine Silbe den Käse an.« Nimm einmal an, dass ich dieses logische Problem nicht lösen kann: Welche Gefahr droht mir aus dieser Unwissenheit? Welcher Nachteil? Ohne Zweifel ist zu befürchten, dass ich irgendwann einmal in einer Mausefalle Silben fange oder dass einmal, wenn ich nicht achtgebe, ein Buch den Käse auffrisst. Vielleicht ist aber folgende Schlussfolgerung noch scharfsinniger: »Maus ist eine Silbe; die Silbe aber nagt nicht am Käse; also nagt auch die Maus nicht am Käse.« Was für kindische Albernheiten! Dafür ziehen wir die Augenbrauen hoch, haben uns einen Philosophenbart wachsen lassen. Das lehren wir tiefernst und mit Stubenhockerblässe? Willst du wissen, was die Philosophie der Menschheit verspricht? Rat geben will sie. Den einen ruft der Tod, den anderen brennt die Armut, wieder einen quält der Reichtum, sei es fremder oder sein eigener. Den schaudert es vor einem Unglücksfall, der möchte sich seinem Glück entziehen, den plagen die Menschen, jenen die Götter. Was bastelst du mir da solche Spielereien zusammen? Hier ist nicht der Platz für Scherze. Zu Menschen im Unglück bist du gerufen: Hilfe zu bringen den Schiffbrüchigen, den Gefangenen, Kranken, Armen, denen, die schon das Henkerbeil bedroht! Wohin weichst du aus? Was machst du? Der, mit dem du solche Spielereien treibst, hat Angst: Komm ihm zu Hilfe! Alle strecken von überall her ihre Hände nach dir aus; sie flehen um irgendeine Hilfe für ihr Leben, das gescheitert ist oder zu scheitern droht. Bei dir sehen sie Hoffnung, sehen sie Mittel zur Hilfe. Sie bitten, dass du sie aus ihrer Verwirrung herausreißt, dass du den Zerstreuten und Irrenden das helle Licht der Wahrheit zeigst. Sag ihnen, was die Natur zur Notwendigkeit gemacht hat, was überflüssig ist, wie leichte Gesetze sie erließ, wie angenehm das Leben derer ist, die ihr folgen, wie bitter und verworren für diejenigen, die mehr ihren falschen Vorstellungen glauben, als der Natur zu folgen.

An Lucilius

Soweit du irgend kannst, mein Lucilius, mach dich frei von diesen Haarspaltereien und Spitzfindigkeiten der Philosophen: Eine klare und schlichte Art passt zu einer redlichen Gesinnung. Selbst wenn man noch eine lange Lebensdauer vor sich hätte, müsste man sie sparsam einteilen, damit sie für das Notwendige ausreicht. Doch was für ein Wahnsinn ist es nun, Überflüssiges zu lernen – wo die Zeit so knapp ist!

An Lucilius

Meine Meinung über die freien Künste und Wissenschaften möchtest du hören. Nichts davon schätze ich hoch, nichts davon rechne ich unter die wahren Güter, sofern dabei das Geldverdienen eine Rolle spielt. Bezahlte Kunstfertigkeiten sind das, insoweit nützlich, als sie den Geist vorbereitend schulen, ihn nicht behindern. Denn man darf bei ihnen nur verweilen, solange der menschliche Geist noch nichts Höheres zu fassen vermag: Eine Vorschule des Denkens sind sie, erbringen keine denkerischen Leistungen. Warum sie freie Künste genannt werden, siehst du: weil sie eines freien Mannes würdig sind. Aber es gibt nur eine einzige Wissenschaft, die wahrhaft frei ist, weil sie frei macht: Das ist die Philosophie, erhaben, stark, mutig. Die anderen Wissensbereiche sind kleinlich, ja kindisch. So etwas braucht man nicht lange zu lernen, man muss es möglichst bald hinter sich haben.

Manche meinten, man müsse bei den freien Künsten fragen, ob sie einen Menschen gut machen: Das versprechen sie nicht einmal und streben auch nach keiner diesbezüglichen Kenntnis.

Der Sprachwissenschaftler befasst sich nur mit der Sprache; wenn er sein Arbeitsgebiet noch weiter ausdehnen will, mit Mythen und Geschichte, und wenn er die Grenzen seines Faches so weit wie möglich zieht, mit Dichtung. Was davon bahnt den Weg zur

Tugend? Glaubst du, es ist wichtiger zu fragen, wo Odysseus herumgeirrt ist, als dich darum zu kümmern, dass wir nicht ständig irren? Ich habe keine Zeit, mir anzuhören, ob er zwischen Italien und Sizilien umhergetrieben wurde oder außerhalb des uns bekannten Erdkreises – denn in einem so eng begrenzten Raum hätte seine Irrfahrt ja nicht so lange dauern können. Die Stürme der Seele jagen uns täglich hin und her, und unsere Schlechtigkeit treibt uns in alle Leiden des Odysseus. Es fehlt nicht die Schönheit, die unser Auge reizt, nicht ein feindlicher Angriff, hier gibt es wilde Ungeheuer, die sich an Menschenblut weiden, dort heimtückische schmeichlerische Klänge für die Ohren, dort Schiffbruch und zahllose Übel aller Art.

An Lucilius

Taten vermittelt die Philosophie, nicht Worte.

An Lucilius

Zur Vollkommenheit gelangt der Geist einzig und allein durch unwandelbare Kenntnis von Gut und Böse. Keine andere Kunst und Wissenschaft aber fragt nach Gut und Böse. Betrachten wir die einzelnen Tugenden. So verbietet es die Menschlichkeit, überheblich gegenüber den Mitmenschen zu sein, sie verbietet es, hartherzig zu sein; in Worten, Taten und Gefühlen erweist sie sich allen gegenüber als freundlich und umgänglich, kein fremdes Leid, das sie nicht angeht; das Gute, was sie selbst hat, schätzt sie hauptsächlich deshalb, weil es jemand anderem nützen kann. Lehren uns etwa die freien Künste und Wissenschaften dieses sittliche Verhalten? Ebenso wenig wie Einfachheit, Bescheidenheit und Selbstbeherrschung, ebenso wenig wie Milde, die fremdes Blut schont, als sei es das eigene, und sich bewusst ist, dass ein Mensch mit einem Menschenleben nicht achtlos umgehen darf.

An Lucilius

»Aber die Kenntnis vieler Künste macht doch Freude!« Deshalb wollen wir so viel von ihnen behalten, wie nötig ist. Oder? Einen Menschen, der sich über den Hausgebrauch hinaus Überflüssiges angeschafft hat und in seinem Haus mit Wertgegenständen eine pompöse Schau veranstaltet, den muss man tadeln, meinst du. Aber nicht auch den, der sich mit einem überflüssigen Hausrat an Wissenschaft belastet hat? Nach mehr Wissen zu streben als nötig, ist auch eine Art von Unmäßigkeit. Wie? Macht nicht dieser Übereifer für Künste und Wissenschaften die Menschen unleidlich, geschwätzig, besserwisserisch und selbstgefällig? Sie kommen deswegen nicht dazu,

Notwendiges zu lernen, weil sie sich zu lange mit dem Überflüssigen abgegeben haben. Viertausend Bücher hat der Sprachgelehrte Didymos [an der Bibliothek von Alexandria] verfasst; er täte mir schon leid, wenn er so viel Überflüssiges auch nur gelesen hätte. Darin geht es um die Heimat Homers, um die echte Mutter des Aeneas und ähnliches Zeug, das du gleich wieder verlernen müsstest, wenn du es gelernt hättest.

Ich sprach von den Künsten und Wissenschaften –, aber die Philosophen: wie viel Überflüssiges schleppen sie mit sich, wie vieles ohne praktischen Nutzen!

An Lucilius

Wir schieben Steinchen auf einem Brettspiel hin und her. An überflüssigen Fragen stumpfen wir unseren Scharfsinn ab. So etwas macht uns nicht besser, höchstens gelehrt. Sich weise zu verhalten ist eine viel klarere Sache, nein, sogar eine einfachere. Für eine rechte Gesinnung braucht man nur wenig Gelehrsamkeit, aber wie wir auch sonst uns in Überflüssigem verlieren, so auch in der Philosophie. Wie in allen Dingen, so leiden wir auch in der Wissenschaft an Maßlosigkeit: Nicht für das Leben, für die Schule lernen wir.

XI
Ruhe und Tätigkeit

Wir sagen gewöhnlich, das höchste Gut sei es, gemäß der Natur zu leben. Die Natur hat uns zu beidem geschaffen: zum Betrachten und Bedenken der Dinge [zur Kontemplation] und zum Handeln.

Also lebe ich gemäß der Natur, wenn ich mich ganz ihr widme, wenn ich ihr Bewunderer und Verehrer bin. Die Natur aber wollte, dass ich beides tue: tätig sein und sich für die denkende Betrachtung Zeit nehmen. Beides tue ich, da ja auch das Nachdenken nicht ohne Tätigkeit sein kann.

Ich bin mir durchaus bewusst, mein lieber Lucilius, für welch einen umfangreichen Bau ich in meinem fortgeschrittenen Alter noch die Fundamente lege. Ich habe ja vor [in den *Naturwissenschaftlichen Untersuchungen*], die Grenzen der ganzen Welt abzuschreiten, ihre Ursachen und Geheimnisse auszuforschen und sie anderen zu übermitteln. Wann soll ich das alles machen – so vieles mir aneignen, so viel Zerstreutes sammeln, so tief Verborgenes durchschauen? Also muss mich das Alter vorwärtstreiben und mir die mit unnützen Studien hingebrachten Jahre vorhalten. Umso mehr wollen wir uns bemühen, und den Schaden durch die Vergeudung von Lebenszeit soll unsere Anstrengung wiedergutmachen. Nimm die Nacht zum Tag dazu, schränke die Geschäfte ein, lass die Sorge um Güter, die weit entfernt von ihrem Besitzer liegen. Der Geist soll ganz sich selbst gehören und sich wenigstens am Lebensende nur auf sich selbst richten. Ja, das wird er tun, er wird sich selbst antreiben und sich jeden Tag die Kürze der Zeit vorrechnen. Machen wir es wie bei einer Reise: Wer zu spät aufgebrochen ist, holt den Rückstand durch Eile wieder ein. So wollen auch wir uns beeilen und, ohne uns mit unserem Alter zu entschuldigen, das Werk – vielleicht kaum zu schaffen, auf jeden Fall gewaltig – in Angriff nehmen. Es wächst mir der Mut, sooft ich mir die Größe der Arbeit vor Augen stelle und bedenke, wie viel mir noch zu tun, nicht wie viel mir noch zum Leben bleibt.

An Lucilius

Ich habe mich nicht nur von den Menschen, sondern auch von den Beschäftigungen zurückgezogen, und besonders von meinen eigenen Geschäften. Ich arbeite für die Nachwelt. Für sie schreibe ich manches auf, was ihr hilfreich sein könnte: Heilsame Mahnungen, sozusagen Rezepte für nützliche Heilmittel, halte ich schriftlich fest, nachdem ich ihre Wirksamkeit an meinen eigenen Geschwüren erprobt habe, die zwar nicht völlig abgeheilt sind, aber doch wenigstens nicht weiter um sich greifen. Den rechten Weg, den ich spät und müde vom Herumirren erkannt habe, den weise ich anderen.

Haltet an dieser gesunden und heilsamen Lebensführung fest, dass ihr dem Körper nur so viel nachgebt, wie es für das Wohlbefinden ausreicht. Man muss ihn abhärten, damit er dem Geist nicht unwillig gehorcht. Die Nahrung stille den Hunger, der Trank lösche den Durst, Kleidung wehre die Kälte ab, ein Haus diene als Schutz gegen die Witterung. Ob dieses nun mit Rasenstücken gedeckt und erbaut ist oder aus bunt gemasertem Stein aus fernen Ländern, das macht keinen Unterschied. Ihr sollt wissen, dass ein Mensch unter einem Dach aus Stroh ebenso geborgen ist wie unter einem aus Gold. Verachtet alles, was unnötige Mühe als Schmuck und Zierde anbringt. Bedenkt, dass nichts außer dem Geist Bewunderung verdient, und für einen Geist, der selber groß ist, können solche Dinge nicht groß sein.

An Lucilius

Wenn ich so zu mir, wenn ich so zur Nachwelt rede, meinst du nicht, dass ich da mehr Nutzen stifte, als wenn ich zu einem Gerichtstermin aufs Forum gehe oder meinen Siegelring auf eine Testamentsurkunde drücke oder im Senat einem Amtsbewerber meine Stimme und meine Hand zur Verfügung stelle? Glaube mir: die nichts zu tun scheinen, die tun Größeres: Sie befassen sich mit Menschlichem und Göttlichem zugleich.

Nun will ich dir beweisen, dass ich keineswegs den Lehren der Stoiker untreu werde [wenn ich für einen Rückzug plädiere]. Erstens: Man kann sich durchaus schon von früher Jugend an gänzlich der Wahrheitssuche widmen, sich in der Zurückgezogenheit Lebensgrundsätze aneignen und sie zu verwirklichen suchen. Zweitens: Man kann das Gleiche mit vollem Recht tun, wenn man schon im fortgeschrittenen Alter ist und sozusagen seine Dienstzeit abgeleistet hat. Dann kann man seine Aufgaben auf andere übertragen, so wie die Vestalischen Jungfrauen, die je nach Lebensalter verschiedene Pflichten haben. Zuerst lernen sie die heiligen Zeremonien, und wenn sie sie gelernt haben, geben sie sie später lehrend weiter.

Es gibt ja zwei Schulen, die sich gerade in diesem Punkt besonders voneinander unterscheiden, die Epikureer und die Stoiker. Jede von beiden weist uns zur Muße, aber auf verschiedenem Weg. Epikur sagt:

»Der Weise wird sich vom Staatsdienst fernhalten, außer wenn ein Notfall eintritt. Zenon sagt: »Der Weise wird sich dem Staat zur Verfügung stellen, wenn nicht etwas dagegenspricht.« Der eine sucht die Muße grundsätzlich, der andere nach den Umständen. Für solche Umstände aber gibt es vielfältige Gründe. Wenn der Staat zu ruiniert ist, als dass ihm noch zu helfen wäre, wenn er durch die Machenschaften übler Elemente ins Dunkel geraten ist, dann wird sich der Weise nicht vergeblich bemühen und sich, ohne helfen zu können, verausgaben. Er wird es auch nicht tun, wenn er über zu wenig Einflussmöglichkeit oder Durchsetzungskraft verfügt, wenn der Staat seine Mitwirkung gar nicht will oder wenn sein Gesundheitszustand ihn hindert. So wie man ein Schiff mit einem Leck nicht zu Wasser bringen würde, wie sich ein Schwächlicher nicht freiwillig zum Kriegsdienst melden würde, so wird auch der Weise einen Weg, den er als ungangbar erkannt hat, nicht beschreiten.

Wir Stoiker sagen also nicht, dass der Weise in jedem beliebigen Staatswesen tätig sein werde. Ist es aber von Bedeutung, auf welchem Weg der Weise zur Muße gelangt: entweder weil der Staat ihm fehlt oder er selbst dem Staat oder wenn allen der Staat fehlt? Immer wird er denen fehlen, die bestimmte Ansprü-

Agrippina krönt Nero. Statuengruppe aus dem kleinasiatischen Aphrodisias

che an ihn stellen. Ich frage: In welchem Staat wird denn der Weise ein Amt übernehmen? Etwa in Athen, wo ein Sokrates zum Tod verurteilt wird, wo Aristoteles fliehen muss, um nicht verurteilt zu werden, wo gehässige Feindschaft die Tugenden unterdrückt? Du wirst doch nicht sagen, dass der Weise mit einem solchen Staat etwas zu tun haben will. Im Staat der Karthager wird er sich also wohl betätigen, in dem beständiger Aufruhr herrscht und eine gerade für die Tüchtigen gefährliche Willkür, die größte Missachtung von Recht und Billigkeit, unmenschliche Grausamkeit gegen die Feinde, ja auch Feindseligkeit gegen die eigenen Bürger! Auch diesen Staat wird er meiden. Wenn ich die Staaten einzeln durchmustern will, dann werde ich keinen finden, der den Weisen oder den der Weise ertragen könnte. Wenn sich nun kein Staat finden lässt, wie wir ihn uns vorstellen, dann kommt es so weit, dass Muße für alle notwendig wird. Denn es gibt nirgends das, was einzig der Muße vorgezogen werden könnte.

Das schlimmste Übel ist es, auszuscheiden aus der Zahl der Lebendigen, schon ehe man stirbt. Gerät man aber in eine Zeit, in der sich wenig für den Staat tun lässt, dann muss man sich mehr der Muße und den Studien zuwenden, und gerade wie man bei gefahrvoller Seefahrt rechtzeitig einen Hafen anlaufen muss, so soll man nicht zuwarten, bis man ein Opfer ungünstiger Verhältnisse wird, sondern sollte selbst beizeiten einen Schnitt machen.

Das allerdings wird vom Menschen verlangt, dass er den Menschen nützt. Wenn es möglich ist, vielen, wenn nicht, wenigen, wenn das nicht möglich ist, dann den Nächsten, wenn auch das nicht geht, dann sich selbst. Es nützt nämlich jeder, der sich um sich selbst verdient macht, auch anderen, indem er etwas schafft, was ihnen künftig nützen kann.

Stellen wir uns zwei Staatswesen vor: das eine groß und wahrhaft allgemein, das Götter und Menschen umfasst, in dem wir nicht auf diesen oder jenen Erdenwinkel schauen, sondern die Grenzen unseres Staates am Lauf der Sonne abmessen. Dem anderen hat uns das Los unserer Geburt als Bürger zugeteilt, sei es Athen oder Karthago oder sonst irgendeine andere Stadt. Diesem Staatswesen gehören nicht alle Menschen an, sondern nur eine bestimmte Gruppe. Manche kümmern sich zur gleichen Zeit um beide, das größere wie das kleinere, einige wieder befassen sich nur mit dem großen, andere nur mit dem kleinen. Diesem größeren Staatswesen können wir auch in der Muße ausreichend dienen, ja in der Muße vielleicht sogar besser. Da können wir uns mit solchen Fragen beschäftigen wie: Was ist die Tugend? Gibt es nur eine einzige oder mehrere, macht die natürliche Veranlagung oder die Erziehungskunst den Menschen sittlich gut?

Athenodoros [der stoische Philosoph] sagt, gegen den allgemeinen Lebensüberdruss wäre es schon das Beste, sich mit dem Staatswesen und den politischen Pflichten zu beschäftigen. »Aber«, fügt er hinzu, »weil bei dem heutigen ungesunden ehrgeizigen Streben der Menschen, bei so vielen Verleumdern, die das Rechte ins Falsche verdrehen, ein ehrlicher, aufrichtiger Charakter wenig Sicherheit bietet und es immer mehr geben wird, was dich hindert als was dich fördert, sollte man sich doch vom Forum und aus der Öffentlichkeit zurückziehen.« Ein großer Geist weiß, wo er auch im Privatleben die Möglichkeit hat, sich zu entfalten. Es ist ja nicht wie bei Löwen und Tigern, deren Energie im Käfig abstirbt, sondern Menschen können gerade in der Zurückgezogenheit Großes leisten. Man soll sich freilich nur so weit zurückziehen, dass man, wo man sich auch verborgen hält, bestrebt ist, dem einzelnen wie der Gesamtheit mit seiner Begabung, mit Wort und Rat zu nützen. Denn nicht der allein leistet etwas für die Gemeinschaft, der Amtsbewerber unterstützt, Angeklagte verteidigt und über Krieg und Frieden abstimmt, sondern auch, wer die Jugend ermahnt, wer bei dem großen Mangel an tüchtigen Lehrern die Tugend in die Herzen einpflanzt. Und auch wer die Leute, die dem Geld und dem Genuss nachjagen, packt und zurückhält oder sie wenigstens einmal innehalten lässt. Auch der handelt trotz seiner Zurückgezogenheit im gemeinsamen Interesse.

Ist jemand das Wirken unter seinen Mitbürgern versagt, so widme er sich der Menschheit. Daher haben wir [Stoiker] uns ja, großherzig, wie wir sind, nicht in den Mauern einer einzigen Stadt eingeschlossen, sondern haben einen Weltverkehr eröffnet und haben die ganze Welt zu unserem Vaterland erklärt, um der Tugend einen weiteren Wirkungskreis zu erschließen. Ist dir der Gerichtshof verschlossen, hält man dich fern von der Rednerbühne oder vom Versammlungsplatz: Schau dich um und sieh, wie viel weite Länder dir offenstehen, wie viel Völker. Niemals wird dir davon mehr versperrt sein, als dir offensteht. So musst du handeln: Hat dich das Schicksal von der ersten Stelle im Staat verdrängt, so bleib dennoch stehen und hilf, indem du deine Stimme erhebst. Und wenn man dir die Kehle zudrückt, dann halte dennoch stand und wirke durch dein Schweigen. Was ein rechter Bürger auch tut, es ist niemals ohne Nutzen. Man hört ihn, schaut auf ihn. Durch seine Miene, seinen Wink, durch wortlose Beharrlichkeit und schon durch seinen festen Gang ist er hilfreich. Wie manche Heilkräuter allein schon durch ihren Geruch wirken, ohne dass man sie einnimmt oder aufträgt, so wirkt auch die Tugend schon aus der Ferne oder aus dem Verborgenen. In welcher Lage sie sich auch befindet, sie vermag Nutzen zu stiften. So wirst du doch das Beispiel, das ein in ehrenvoller Ruhe lebender Mensch gibt, nicht für weniger wertvoll halten?

Bei weitem das Beste wäre es also, Muße und Tätigkeit zu verbinden, sooft das aktive Leben durch zufällige Hindernisse oder durch den Zustand des Staates behindert wird. Niemals ist ja alles so ganz und gar abgeschnitten, dass für eine ehrenhafte Tätigkeit keine Möglichkeit mehr bestünde.

An Lucilius

Der lebt, der vielen von Nutzen ist; der lebt, der von sich selbst Nutzen hat; die sich aber versteckt halten und in träger Ruhe erstarrt sind, die leben in ihrem Haus wie in einem Grab. An der Schwelle von solchen Leuten sollte man ihren Namen in Marmor eingemeißelt anbringen: Sie haben ihren Tod schon vorweggenommen.

Auch die allzu große Geschäftigkeit muss [um unserer Seelenruhe willen] eingeschränkt werden: dieses Herumrennen in Häusern, Theatern und auf öffentlichen Plätzen, wie das bei vielen Leuten üblich ist. Sie bieten sich wildfremden Leuten zu Geschäften an und erwecken stets den Eindruck, sie seien ungeheuer beschäftigt. Fragt man einen von ihnen, wenn er das Haus verlässt: »Wohin willst du, was hast du vor?«, da wird er antworten: »Bei Gott, ich weiß es selbst noch nicht, aber ich werde schon wen treffen und irgendwas erledigen.« Ohne ein festes Vorhaben laufen sie umher und suchen eine Beschäftigung; sie tun nicht, was sie sich vorgenommen haben, sondern worauf sie gerade gestoßen sind. Planlos und sinnlos rennen sie umher, wie die Ameisen, die im Gebüsch herumkrabbeln, bald oben, bald unten, ohne ersichtlichen Grund. So ähnlich leben die meisten Menschen, und man könnte ihr Leben wohl mit Recht eine rastlose Untätigkeit nennen. Man könnte richtig Mitleid mit ihnen haben, wenn sie rennen, als sei ein Brand ausgebrochen. Sie stürmen dahin, rempeln Entgegenkommende an und bringen sich und andere zu Fall, und dabei laufen sie nur, um irgendjemand einen Besuch zu machen, der dies gar nicht würdigen wird, oder um beim Leichenzug eines Menschen dabei zu sein, den sie gar nicht kennen, oder beim Prozess eines Streithansels, oder bei der Verlobung einer heiratswütigen Person. Oder sie folgen einer Sänfte nach, die sie sogar noch ein Stück selber tragen. Kommen sie dann heim, müde wegen nichts und wieder nichts, dann schwören sie, sie wüssten gar nicht, warum sie eigentlich fortgegangen seien. Aber am nächsten Tag treten sie die gleiche Irrfahrt wieder an.

Dabei muss doch jede Mühe und Anstrengung irgendein Ziel, irgendeinen Zweck haben. Nicht aus Tätigkeitsdrang kommt ihre Unrast, sondern es sind falsche Vorstellungen von den Dingen, die sie wie Verrückte herumjagen lassen.

Bei manchen Menschen ist sogar die Muße voller Geschäftigkeit. In ihrem Landhaus, auf ihrem Ruhebett mitten in der Einsamkeit, obwohl sie sich von allem zurückgezogen haben, fallen sie sich selbst zur Last. Man kann nicht sagen, sie lebten in Muße, es ist vielmehr eine müßige Geschäftigkeit. Meinst du denn, der lebt in Muße, der korinthische Bronzegefäße, die durch die Sammelwut einiger weniger kostbar und teuer geworden sind, mit peinlicher Sorgfalt restauriert und seinen Tag hauptsächlich mit rostigen Blechstückchen zubringt? Der auf dem Sportplatz herumsitzt – es ist eine Schande: Wir leiden ja nicht nur an römischen Lastern – als eifriger Anhänger der jugendlichen Ringkämpfer? Der die Truppe seiner geölten Ringer nach Alter und Hautfarbe zu Paaren einteilt? Der die neuesten Stars unter den Athleten finanziert? Und weiter: Meinst du, die widmen ihr Leben der Muße, die stundenlang beim Friseur sitzen, während das ausgezupft wird, was ihnen in der vergangenen Nacht etwa nachgewachsen ist. Da wird über jedes einzelne Härchen ein Rat abgehalten, das in Unordnung geratene Haar wird wieder glattgelegt oder das fehlende von hierher oder dorther in die Stirn gekämmt. Was für Zornausbrüche, wenn der Friseur ein wenig lässiger zu Werke ging, eben als ob er einen Mann frisierte. Was geraten sie in Weißglut, wenn etwas von ihrer Tolle abgeschnitten worden ist, wenn etwas nicht richtig liegt, wenn nicht alles wieder in die gehörigen Locken fällt! Das sind Leute, bei denen eher ihr Staat in Unordnung geraten darf als ihre Frisur! Es geht ihnen mehr um den Schmuck ihres Hauptes als die Gesundheit ihres Kopfes. Lieber eine gute Aufmachung als ein gutes Ansehen! Was meinst du: Führen solche Leute ein Leben in Muße, die nur mit Kamm und Spiegel beschäftigt sind? Die haben doch keine Muße, es ist nur müßige Beschäftigung.

Nicht einmal von denen wird man behaupten, sie lebten in Muße, die sich im Tragsessel oder in der Sänfte hin- und hertragen lassen und auf Pünktlichkeit bei ihren Gesundheitsausflügen achten, als ob sie von ihrem Stundenplan nicht abweichen dürften.

Oder die sich jeweils von einem anderen daran erinnern lassen, wann sie zum Baden, zum Schwimmen oder zum Essen gehen müssen. So verzärtelt und erschlafft sind sie, dass sie von sich aus nicht mehr wissen, ob sie Hunger haben oder nicht.

Von einem dieser Genießer – wenn man es überhaupt einen Genuss nennen kann, das normale Leben und die menschlichen Gewohnheiten verlernt zu haben – von dem jedenfalls habe ich folgendes gehört. Er wurde auf Händen aus dem Bad gehoben und in einen Sessel gesetzt, und da fragte er: »Sitze ich schon?« Dieser Mensch, der nicht einmal wusste, ob er sitzt – glaubst du, er weiß, ob er überhaupt lebt, ob er sieht, ob er Muße hat? Ich könnte schwerlich sagen, ob ich ihn mehr bedauere, wenn er das wirklich nicht gewusst hat, oder wenn er nur so getan hat, als wüsste er es nicht. In vielen Fällen ist es ja wirklich Vergesslichkeit, bei vielem ist es aber auch nur gespielt; diese Leute gefallen sich geradezu in manchen Schwächen, als hätten sie dadurch den Beweis, wie glücklich sie sind. Das ist doch, meinen sie, ein völlig unbedeutender und verächtlicher Mensch, der von sich aus wissen muss, was er tut. Also jetzt glaub nur noch, die Komödianten würden arg übertreiben, wenn sie die Genusssucht anprangern! Sie übergehen wahrhaftig mehr, als sie erdichten, und die Menge unglaublicher Laster ist in unserem Zeitalter so angewachsen – allein darin ist es erfindungsreich – dass wir es den Komödianten eher ankreiden können, sie würden vieles auslassen.

Es gibt da also wirklich einen, der ein solcher »Lebemann« ist, dass er sich bei einem anderen vergewissern muss, ob er sitzt oder nicht! Das ist doch kein Mensch, der in Muße lebt, den muss man anders nennen: Krank ist er, nein, tot. In Muße lebt doch, wer auch ein Bewusstsein seiner Muße hat. Dieser nur noch Halblebendige aber, der, um den Zustand seines Körpers wahrzunehmen, einen »Platzanweiser« braucht – wie kann der jemals Herr sein über einen Augenblick seiner Zeit?

Sehr kurz und voller Unruhe ist die Lebenszeit derjenigen, die das Vergangene vergessen, das Gegenwärtige nicht nützen und sich vor dem Zukünftigen ängstigen. Sind sie einmal am Ende angekommen, dann erkennen die Ärmsten zu spät, dass sie so lange beschäftigt waren, ohne doch wirklich etwas zu tun. Und dass sie zuweilen selbst den Tod herbeirufen, das musst du nicht für einen Beweis für die Länge ihres Lebens halten. Ihr Unverstand quält sie mit vagen Empfindungen, die gerade auf das hintreiben, wovor sie sich ängstigen. Ebendeswegen wünschen sie den Tod herbei, weil sie ihn fürchten. Auch darf es dir nicht als Beweis dafür dienen, dass sie lange leben, wenn ihnen der Tag oft lang wird und sie sich beklagen, die Stunden schlichen nur so dahin, bis endlich die festgesetzte Zeit zum Essen kommt. Wenn ihnen nämlich einmal die Beschäftigungen ausgegangen und sie ihrer Muße überlassen sind, dann fühlen sie sich unbehaglich, und sie wissen nicht, was sie mit ihr anfangen sollen, um sie herumzubringen. Daher flüchten sie sich zu irgendwelchen Beschäftigungen, und die ganze Zeit zwischen der einen und der anderen ist ihnen lästig. Ja, es ist wahrhaftig gerade so, wie wenn der Termin für Gladiatorenkämpfe angesetzt ist oder wenn sie den Zeitpunkt für irgendein anderes Schauspiel oder sonst ein Vergnügen erwarten. Dann wollen sie die Tage dazwischen am liebsten überspringen. Jeder Aufschub für ein erhofftes Ereignis dauert ihnen zu lang, aber kurz und flüchtig ist die Zeit, die sie genießen, und sie wird durch ihre eigene Schuld noch kürzer, denn sie springen von einer Sache zur andern und können es nicht bei einem einzigen Vergnügen aushalten.

Wahrhaft in Muße leben einzig diejenigen, die für die Philosophie Zeit haben: Sie allein leben. Denn sie hüten nicht nur ihre eigene Lebenszeit gut, sie fügen ihr auch noch jede Zeitepoche hinzu. Alle Jahre, die vor ihnen gelebt wurden, haben sie für sich hinzugewonnen. Wenn wir nicht ganz und gar undankbar sind, dann sind doch all die berühmten Schöpfer des ehrwürdigsten Gedankenguts für uns geboren, haben uns den Weg zum rechten Leben gebahnt. Zum Edelsten und Schönsten, das durch die Mühe anderer aus der Finsternis ans Licht gebracht wurde, werden wir hingeführt. Kein Zeitalter ist uns verschlossen, zu allen haben wir Zutritt, und wenn wir hochgemut die Schranken menschlicher Schwäche überschreiten wollen, dann tut sich ein großer Zeitraum auf, den wir durchwandern können. Wir dürfen disputieren mit Sokrates, zweifeln mit Karneades, Ruhe finden mit Epikur, die menschliche Natur überwinden mit den Stoikern, mit den Kynikern sie hinter uns lassen.

XII

Vom glücklichen Leben

Glücklich leben, mein lieber Bruder Gallio, das wollen alle, doch was die Voraussetzungen zu einem glücklichen Leben angeht, darüber tappen sie im Dunkeln. Es ist ja auch nicht leicht, das Glück im Leben zu gewinnen. Hat man einmal den rechten Weg verfehlt, dann kommt man immer weiter davon ab, je rascher man darauf zueilt. Führt einen der Weg gar in die entgegengesetzte Richtung, dann macht gerade die Eile den Abstand nur noch größer. Daher muss man sich zuerst darüber klar werden, was das ist, was man anstrebt, dann muss man den Weg ins Auge fassen, auf dem man am schnellsten dorthin gelangen kann. Ist es der rechte Weg, dann sieht man schon, wie viel sich täglich bewältigen lässt, um wie viel man dem Ziel näher ist, zu dem uns ein natürliches Verlangen hinlenkt. Solange wir freilich planlos umherschweifen, ohne einem Führer zu folgen, sondern dem lärmenden Geschrei und dem Stimmengewirr, das uns hierhin und dorthin ruft, dann zerrinnt uns das ohnehin schon kurze Leben auf Irrwegen, auch wenn wir uns Tag und Nacht um die rechte Einsicht bemühen. Es gilt also, sich zu entscheiden, wohin es gehen soll und wie, nicht ohne einen erfahrenen Führer, der Weg und Ziel aus eigener Erfahrung kennt. Denn hier geht es ja nicht wie auf gewöhnlichen Reisen: Hat man da erst einmal einen gebahnten Weg eingeschlagen und holt Auskunft bei den Einheimischen, dann wird man schon nicht in die Irre laufen. Hier aber täuscht einen gerade der am meisten begangene und belebte Weg. Vor nichts muss man sich also mehr hüten, als nach Art des lieben Viehs hinter den Vorausgehenden herzutrotten, indem man nicht da geht, wo man sollte, sondern da, wo eben gegangen wird. Nichts bringt uns in größere Schwierigkeiten, als wenn wir uns nach dem Gerede der Leute richten und das für das Beste halten, was unter großer Zustimmung gutgeheißen wird, und wenn wir im Blick auf so viele Beispiele, statt eigener Einsicht zu folgen, uns in unserem Leben an andere anpassen.

Die Natur soll man sich zur Führerin nehmen; auf sie richtet die Vernunft ihr Augenmerk, bei ihr holt sie sich Rat. Ein und dasselbe ist es, glücklich zu leben und gemäß der Natur zu leben.

An Lucilius

Die Vernunft ist der einzige Teil in der Seele, der sich nicht nach einem anderen richtet, sondern alles auf sich bezieht. Denn auch die göttliche Vernunft ist allem übergeordnet, sie selbst ist niemand untertan, und unsere Vernunft ist von gleicher Art, da sie ja aus ihr stammt.

Sind wir uns in diesem Punkt einig, dann auch in folgender Hinsicht: Das glückliche Leben beruht nämlich einzig darauf, dass wir die vollkommene Vernunft [die Tugend] besitzen. Sie allein lässt den Mut nie sinken; sie hält dem Schicksal stand, in jeder Lebenslage bewahrt sie uns, wenn wir sie bewahrt haben. Damit ist sie das einzige unzerstörbare Gut im Leben. Der Mensch ist glücklich, behaupte ich, den nichts herabwürdigen kann; er bleibt auf seiner Höhe und verlässt sich auf niemand sonst als auf sich selbst, denn wer sich auf fremde Hilfe stützt, kann fallen. Wenn es anders ist, werden äußere Einflüsse auf uns zu wirken beginnen, die wir nicht kontrollieren können. Wer aber will sich auf das Schicksal verlassen oder, wenn er vernünftig ist, sich auf Dinge etwas einbilden, die nicht zu ihm gehören?

Was ist das: glückliches Leben? In unserem Innern herrschen Sicherheit und Sorglosigkeit sowie stetige Ruhe. Das wird eine Gabe der Geistesgröße sein sowie der Beständigkeit, die an dem festhält, was sie für richtig erkannt hat. Wie kommt man dahin? Wenn man die Wahrheit ganz und gar erschaut hat, wenn man bei allem, was man tut, Ordnung, Maß, Anstand bewahrt, mit einer Gesinnung, lauter und gütig, die auf die Vernunft hört und niemals von ihr abweicht, liebens- und bewundernswert zugleich. Schließlich, um es für dich auf eine knappe Formel zu bringen: Der Geist eines Weisen muss so sein, dass er auch eines Gottes würdig wäre.

Da wendet man ein: »Den unsterblichen Göttern allein ist Tugend und ein glückliches Leben beschieden, uns nur eine Art Schatten und Abglanz jener Güter; wir kommen ihnen höchstens nahe, aber erreichen sie nicht.« Die Vernunft ist aber Göttern und Menschen gemeinsam, sie ist bei ihnen vollkommen, bei uns lässt sie sich vervollkommnen. Was uns dabei jedoch zur Verzweiflung bringen kann, sind unsere Fehler.

»Was also?«, fragt man, »die Tugend genügt zum glücklichen Leben?« Wenn sie vollkommen, wenn sie göttlich ist, warum sollte sie nicht genügen, ja Überfluss bieten? Was kann nämlich einem Menschen fehlen, der über jedes Begehren hinaus ist? Was ist von außen für den nötig, der alle Schätze in seinem Innern gesammelt hat? Wer aber erst noch auf dem Weg zur Tugend ist, der hat, auch wenn er schon weit vorangekommen ist, doch noch manche Nachsicht des Schicksals nötig, da er noch mit dem allzu Menschlichen zu ringen hat – bis er endlich einmal jenen Knoten gelöst und jede Fessel der Sterblichkeit abgestreift hat. Was also ist der Unterschied? Die einen sind noch eng angebunden, gefesselt, geknebelt. Derjenige aber, der zu Höherem fortgeschritten ist und sich weiter erhoben hat, der trägt eine schon gelockerte Kette, noch nicht frei, aber doch so gut wie frei.

Wer sich folgendes vorgenommen hat: »Ich werde den Tod mit der gleichen Miene anschauen, mit der ich von ihm höre. Ich will Mühen, wie groß sie auch sein werden, auf mich nehmen, und der Geist soll dabei die Stütze des Körpers sein. Ich werde Reichtümer, ob ich sie habe oder nicht, gleichermaßen verachten, weder trauriger sein, wenn sie anderswo aufgehäuft sind, noch selbstbewusster, wenn sie rings um mich herum ihren Glanz verbreiten. Ich werde das Glück nicht groß beachten, nicht wenn es kommt, nicht wenn es geht. Ich werde alles Land als meinen Besitz ansehen, das meinige aber, als gehöre es allen. Ich werde in dem Bewusstsein leben, dass ich für andere geboren bin, und der Natur dafür Dank sagen, denn wie konnte sie besser für mich sorgen? Mich, den einen, hat sie allen, mir, dem einen, hat sie alle geschenkt. Was immer ich besitze, werde ich weder in schmutzigem Geiz hüten noch verschwenderisch verstreuen. Nichts will ich als meinen Besitz ansehen, nur als ein gütiges Geschenk. Nicht nach Maß und Gewicht will ich meine Wohltaten bemessen, nur nach dem Wert, den sie für den Empfänger haben.

Nie soll mir das [zu] viel sein, was ein Würdiger bekommt. Nichts will ich des Ansehens, alles des guten Gewissens wegen tun, und wie vor den Augen des ganzen Volkes, was ich nur mit mir als Zeugen tue. Essen und Trinken will ich nach den Bedürfnissen der Natur beschränken, nicht, um den Bauch zu füllen und zu leeren. Ich werde den Freunden gefällig sein, mild und umgänglich gegenüber den Feinden, mich erbitten lassen, bevor ich gebeten werde, und ehrlichen Bitten zuvorkommen. Mein Vaterland ist die ganze Welt, das weiß ich, und die Götter regieren es; sie stehen über mir und um mich her als strenge Beurteiler meiner Worte und Taten. Und wenn einmal entweder die Natur mein Leben zurückfordern wird oder meine eigene Entscheidung es entlässt, dann werde ich mit dem Zeugnis scheiden, dass ich ein gutes Gewissen geliebt habe und auf das Gute gerichtete Studien und dass keines Menschen Freiheit durch mich gemindert worden sei, am wenigsten meine eigene.«

Wer sich vornimmt, so zu handeln, wer es will, es versucht, der geht den Weg zu den Göttern, ja auch wenn er den Weg nicht einhalten konnte, so ist er

doch bei einem großen Wagnis gefallen

[wie es Ovid Met. 2,328 über Phaethon sagt, der mit dem Wagen seines Vaters, des Sonnengottes, abstürzte].

Warum [sagt ihr] nennt sich der da einen Jünger der Philosophie und lebt dabei in solchem Reichtum? Warum nennt er reiche Güter verachtenswert und besitzt sie doch? Das Leben schätzt er gering, will aber doch am Leben bleiben? Die Gesundheit hält er für wertlos, pflegt sie aber doch sorgfältig und wünscht sie sich möglichst gut. Und Verbannung ist ihm nur ein leeres Wort, und er sagt: ›Was ist schon schlimm daran, in eine andere Gegend überzuwechseln?‹ Und doch wird er, wenn möglich, in seinem Vaterland alt und grau. Ob längere oder kürzere Lebenszeit, das mache seiner Meinung nach keinen Unterschied, und doch, wenn es geht, dehnt er sein Leben aus und genießt es, in hohem Alter noch frisch zu sein.

Ja, er erklärt, man müsse das alles geringschätzen, aber nicht, man dürfe es gar nicht besitzen, sondern man solle sich nicht ängstlich daran klammern. Er weist solchen Besitz nicht von sich; wenn dieser ihn aber verlässt, dann lässt er ihn mit Gelassenheit ziehen. Reichtum freilich – wo könnte ihn Fortuna sicherer deponieren als dort, wo sie ihn klaglos wieder ausgehändigt bekommt?

Der Weise hält sich ja nicht für unwürdig gegenüber den Gaben des Zufalls. Er liebt den Reichtum nicht, zieht ihn aber der Armut vor, nicht in sein Herz, nur in sein Haus nimmt er ihn auf; er verschmäht ihn nicht, wenn er ihn hat, sondern hält ihn zusammen, und es ist ihm lieb, dass ihm für die Betätigung seiner Tugend größere Mittel zu Gebote stehen.

Kann es aber einen Zweifel geben, dass der Weise größere Möglichkeiten hat, seine Gesinnung zu entfalten, wenn er reich als wenn er arm ist? In der Armut gibt es ja nur eine Art der Tugend, nämlich sich nicht beugen und nicht niederdrücken zu lassen. Im Reichtum aber findet sich ein weites Feld für die Betätigung von Mäßigung, Freigebigkeit, sorgfältiger Überlegung und Planung sowie Großzügigkeit.

Wie? Gerade das Haus eines reichen Mannes hat doch so viel Gelegenheiten für Wohltaten! Denn wer beschränkt die Freigebigkeit nur auf römische Bürger? Für alle Menschen eine helfende Hand zu haben heißt mich die Natur; ob es Sklaven oder Freie sind, Freigeborene oder Freigelassene, offiziell oder mehr inoffiziell freigelassen, welchen Unterschied macht das? Wo nur immer ein Mensch ist, da ist die Gelegenheit für eine Wohltat. So kann man auch das Geld im eigenen Haus verteilen und Freigebigkeit üben, die ihren Namen nicht davon hat, dass man sie Freien schuldet, sondern weil sie aus einer freien Seele kommt.

Hör also auf, den Philosophen das Geld zu verbieten! Niemand hat die Weisheit zur Armut verurteilt.

Du willst wissen, inwieweit der Reichtum bei mir nicht den gleichen Rang einnimmt wie bei dir? Kurz gesagt: Ich bin im Besitz des Reichtums, dich aber hat der Reichtum in Besitz.

XIII
Ende oder Übergang?

Wenn du den letzten deiner Tage nicht als Strafe, sondern als Folge eines Naturgesetzes ansiehst, dann wird in die Brust, aus der du die Furcht vor dem Tod verbannt hast, keine andere Angst mehr einzudringen wagen.

An Lucilius

Der Tod vernichtet uns entweder oder erlöst uns. Werden wir entlassen, so bleibt das bessere Teil von uns erhalten, nachdem uns die Last des Körpers abgenommen wurde. Werden wir aber vernichtet, dann bleibt nichts von uns übrig; Gutem wie Bösem sind wir gleichermaßen entrückt.

Täglich sterben wir; täglich wird uns nämlich ein Teil des Lebens genommen, und selbst dann, wenn wir noch im Wachsen sind, nimmt das Leben ab. Die Kindheit haben wir verloren, dann das Knabenalter, dann die Jugend. Alle Zeit, die bis zum gestrigen Tag verstrichen ist, ist verloren. Selbst diesen Tag, den wir gerade verleben, teilen wir mit dem Tod. Wie eine Wasseruhr nicht der zuletzt fallende Tropfen ausleert, sondern das ganze Wasser, was zuvor ausgeflossen ist, so macht die letzte Stunde, in der wir aufhören zu

Der sterbende Seneca
Gemälde von Peter Paul Rubens
München, Alte Pinakothek

existieren, nicht allein den Tod aus, sie allein vollendet ihn. In diesem Moment sind wir zu ihm gelangt, aber lange sind wir auf ihn zugegangen.

An Lucilius

Niemand ist ja so ahnungslos, nicht zu wissen, dass er irgendwann einmal sterben muss, doch wenn es so weit ist, dann windet er sich, zittert, klagt. Erscheint dir der nicht als der allergrößte Tor, der darüber weinte, dass er vor tausend Jahren nicht gelebt hat? Gleichermaßen töricht ist, wer darüber weint, dass er nach tausend Jahren nicht mehr leben wird. Das ist doch das gleiche: Du wirst nicht sein und bist nicht gewesen, beides Mal ist es Zeit, die uns nicht gehört. In diese Zeitspanne bist du versetzt worden, und wenn du sie auch ausdehnst – wie weit willst du sie ausdehnen? Was weinst du? Was wünschst du? Dein Bemühen ist umsonst.

> Lass die Hoffnung, du könntest die Schicksalssprüche der Götter durch Bitten ändern [Vergil Aen. 6,376].

Beschlossen und festgelegt sind sie und werden vom erhabenen und ewigen Gesetz der Notwendigkeit bestimmt: Dorthin wirst du gehen, wohin alles geht. Was ist dabei Neues für dich? Nach diesem Gesetz bist du zur Welt gekommen, das gilt für deinen Vater, deine Mutter, deine Vorfahren, alle vor dir, alle nach dir. Eine unüberwindliche, durch keine Macht zu verändernde Schicksalskette hat alle an sich gebunden und zieht sie mit sich. Was für eine große Zahl von Menschen, die alle sterben werden, wird dir folgen, welch große Schar wird dich begleiten! Du wärest wohl tapferer, vermute ich, wenn viele Tausende mit dir zugleich stürben; und doch sind es viele tausend Menschen und auch Tiere, die genau in diesem Moment, wo du zu sterben zauderst, auf verschiedene Weise ihr Leben aushauchen. Und du wolltest nicht glauben, du würdest irgendwann einmal an jenen Punkt kommen, auf den du schon immer zugingst? Jede Reise hat ihr Ende.

Wie bei einem Theaterstück, so ist es auch im Leben: Nicht wie lange es dauert, sondern wie gut man es geführt hat, darauf kommt es an. Es macht nichts aus, an welcher Stelle man aufhört. Hör auf, wo du willst, setze nur einen guten Schlusspunkt.

An Lucilius

In deinem Brief klagst du über den Tod des Philosophen Metronax: Er hätte doch länger leben können und sollen! Da vermisse ich dein gerechtes Urteil, das du sonst gegenüber jeder Person und in jeder Angelegenheit übst. Es fehlt dir aber in einer Sache – wie allen anderen Leuten auch. Bei vielen habe ich ein gerechtes Urteil über Menschen gefunden, aber bei keinem eines gegenüber den Göttern. Wir hadern täglich mit dem Schicksal: ›Warum ist der mitten in seinen besten Jahren dahingerafft worden? Warum rafft das Schicksal nicht eher den dahin? Warum muss er sein Alter so lange hinziehen, sich selbst und anderen zur Last?‹ Ich bitte dich – was, glaubst du, ist eher recht und billig: dass du der Natur oder dass die Natur dir gehorcht? Was macht es schon aus, ob man den Ort früher oder später verlässt, den man doch ohnehin verlassen muss? Nicht lange zu leben soll unsere Sorge sein, sondern genügend, denn ein langes Leben hängt vom Schicksal ab, eines, das genügt, aber von dir selbst und deiner richtigen Geisteshaltung. Lang ist ein Leben, wenn es erfüllt ist, erfüllt wird es sein, wenn der Mensch das Gute in seinem Innern zur Reife gebracht und sein eigener Herr geworden ist. Was helfen dem Menschen achtzig Jahre, wenn er sie in Untätigkeit verbracht hat? Der hat nicht gelebt, sondern sich bloß im Leben aufgehalten; er ist nicht spät gestorben, sondern über lange Zeit. ›Achtzig Jahre hat er gelebt.‹ Es kommt darauf an, von welchem Tag an du seinen Tod rechnest. ›Aber der ist in der Blüte seiner Jahre gestorben.‹ Er hat aber seine Pflichten erfüllt, als guter Bürger, guter Freund, guter Sohn, in keiner Beziehung hat er versagt; mag sein Alter unvollkommen sein, sein Leben ist vollendet.

Wir wollen unser Leben nicht nach der Zeit bemessen, sondern nach dem, was wir geleistet haben! Du willst den Unterschied wissen zwischen einem tatkräftigen Menschen, der das Schicksal verachtet, der alle Aufgaben in seinem Leben erfüllt hat und zur sittlichen Vollkommenheit gelangt ist – und einem, dem viele Jahre verstrichen sind? Der eine lebt auch nach seinem Tod noch, der andere ist schon vor dem Tod gestorben. Wir wollen daher denjenigen preisen und zu den Glücklichen zählen, der die ihm zugemessene Zeit, wie kurz sie auch war, gewinnbringend angelegt hat. Er hat nämlich das wahre Licht gesehen; er war nicht einer von vielen: Er hat gelebt und gewirkt.

An Lucilius

Betrübt bin ich, Lucilius, dass dein Freund Flaccus gestorben ist, aber ich möchte nicht, dass du mehr trauerst als angemessen ist. Dass du überhaupt nicht trauerst, das wage ich kaum zu verlangen, obwohl ich weiß, dass es besser wäre. Doch wer wird diese Seelenstärke aufbringen außer einem [dem Weisen], der sich schon weit über das Schicksal erhoben hat? Auch ihn wird ein solches Ereignis im Innern berühren, aber eben nur berühren. Uns aber kann man verzeihen, dass wir uns zu Tränen hinreißen ließen, wenn sie nur nicht zu reichlich geströmt sind und wir sie selbst wieder unterdrückt haben. Weder trocken sollen die Augen sein beim Verlust eines Freundes, noch sollen sie überfließen: Weinen muss man, aber nicht jammern. Das schreibe ich dir, da ich doch selbst den Annaeus Serenus, der mir der teuerste Freund war, so maßlos beweint habe, dass ich – was ich am wenigsten wollte – gerade ein Beispiel für die abgebe, die sich von Schmerz und Trauer haben besiegen lassen. Heute verurteile ich aber mein Verhalten und sehe ein, was der stärkste Grund für meine Trauer war: Niemals habe ich daran gedacht, er könne vor mir sterben. Nur das eine hatte ich im Sinn, dass er jünger war als ich, viel jünger sogar – als ob das Schicksal eine Reihenfolge einhielte! Lass uns daher beständig an unsere Sterblichkeit denken wie an die von all denen, die wir lieben. Damals hätte ich sagen müssen: »Jünger ist mein Serenus, aber was macht das? Nach mir *müsste* er sterben, aber er *kann* es vor mir.« Weil ich das nicht getan habe, hat mich der Schicksalsschlag ganz plötzlich und unvorbereitet getroffen. Jetzt bedenke ich, dass alles sterblich ist und nach einer ganz unberechenbaren Gesetzmäßigkeit sterblich; heute kann geschehen, was irgendwann einmal geschehen kann.

Lass uns also, liebster Lucilius, daran denken: Rasch können wir dorthin gelangen, wohin unser Freund zu unserem Kummer schon gelangt ist. Und vielleicht, wenn es denn wahr ist, was die Weisen sagen, und uns eine Stätte aufnimmt, dann ist er, der unserer Ansicht nach hingeschieden ist, uns nur vorausgesandt.

Was ist es, was dich bekümmert, Marcia? Dass dein Sohn gestorben ist oder dass er nicht lange gelebt hat? Im ersteren Fall hättest du ständig in Trauer sein müssen, denn du wusstest ja ständig, dass er sterben werde. Bedenke doch, dass der Tote keinem Übel mehr ausgesetzt ist. Das, was uns die Unterwelt so furchtbar macht, sind ja nur Fabeleien: Den Toten droht keine Finsternis, kein Kerker, keine Feuerströme, kein Fluss des Vergessens, keine Richter und Ankläger, und es gibt keinen Platz mehr für Tyrannen. All das haben nur die Dichter erfunden und uns durch leere Schreckbilder beunruhigt. Der Tod ist die Befreiung von jeglichem Schmerz; er ist die Grenze, über die unsere Leiden nicht hinausgelangen, er versetzt uns wieder in jenen Zustand der Ruhe zurück, in dem wir uns vor unserer Geburt befanden. Wenn einer die Toten bemitleidet, muss er es auch mit den Ungeborenen tun. Der Tod ist weder ein Gut noch ein Übel. Denn nur das kann entweder ein Gut oder ein Übel sein, was überhaupt etwas ist; was aber selbst ein Nichts ist und alles in diesen Zustand des Nichts versetzt, gibt uns keinem Schicksal preis. Das Schicksal kann das nicht festhalten, was die Natur entlassen hat, und der kann nicht elend sein, der überhaupt nicht ist.

Dein Sohn hat jene Grenzen überschritten, innerhalb derer man ein Sklave ist, ein großer und ewiger Friede hat ihn aufgenommen. Keine Furcht vor Armut, nicht die Sorge für den Reichtum, nicht der Stachel der Sinnlichkeit, die mit ihrer Verlockung den Geist schwächt, nichts von alldem vermag ihn zu beunruhigen. Nicht berührt ihn der Neid auf fremdes Glück, nicht bedrückt ihn der Neid anderer auf sein eigenes, keine Verleumdung dringt an sein empfindliches Ohr, kein Unheil des Staates, kein häusliches sieht er drohend auf sich zukommen, auch muss er sich nicht um die Zukunft Sorgen machen und um den Ausgang von Unternehmungen, der immer im Ungewissen liegt. Endlich hat er dort einen Platz gefunden, von wo ihn nichts mehr vertreibt, wo ihn nichts mehr beunruhigt.

Wie wenig vertraut sind die mit ihrem Elend, die den Tod nicht als die beste Erfindung der Natur preisen und ihn deshalb herbeisehnen! Denn mag er ein Glück endigen oder ein Unglück, mag er einen Greis, satt und erschöpft vom Leben, abberufen oder einen Jüngling, der zu großen Hoffnungen berechtigt, oder ein Kind, bevor es die Härten des Lebens zu spüren bekommt, allen ist er ein Ende, vielen eine Hilfe, manchen ein Wunsch, doch am besten hilft er denen, zu denen er kommt, bevor er gerufen wurde. Wo das Schicksal die gemeinschaftlichen Güter ungerecht verteilt und die mit gleichem Recht Geborenen einen dem anderen untertan macht, da gleicht der Tod alles aus. Er ist es, nach dessen Eintritt niemand mehr fremder Willkür sich zu fügen hat. Dort sind blutgierige Feinde, von übermütigem und frevelhaftem Stolz erfüllte Bürger, Marter und Folter aller Art, doch ich sehe dort auch den Tod. Da ist es keine Pein, zu dienen, wo man, wenn man des Herrn überdrüssig ist, mit einem einzigen Schritt in die Freiheit gelangen kann.

Leben, ich liebe dich um der Wohltat des Todes willen!

›Aber es trifft uns doch viel Trauriges, Schreckliches, schwer zu Ertragendes‹ [sagen die Menschen. Der Gott antwortet:]

Weil ich euch davon nicht befreien konnte, habe ich euren Geist gegen alles gewappnet: Tragt es tapfer! Darin seid ihr sogar dem Gott noch voraus; er ist ausgenommen vom Erleiden des Übels, ihr besiegt es. Verachtet die Armut, niemand lebt so arm, wie er geboren wurde. Verachtet den Schmerz, entweder er löst sich oder er erlöst euch. Verachtet den Tod, er beendet entweder alles oder führt euch in eine andere Daseinsweise. Verachtet das Schicksal; ich habe ihm kein Geschoss gegeben, das euren Geist verwunden kann. Vor allem aber habe ich dafür gesorgt, dass nichts euch gegen euren Willen zurückhält. Der Ausweg steht offen. Wollt ihr nicht kämpfen, so könnt ihr entfliehen. Deshalb habe ich von allem, was für euch nach meinem Willen unausweichlich ist, nichts leichter gemacht als das Sterben. Ich habe die Seele an einen Abhang gestellt, von wo es sie leicht herabzieht. Achtet nur darauf, und ihr werdet sehen, welch ein kurzer und bequemer Weg in die Freiheit führt. Den Ausgang aus dem Leben habe ich für euch nicht so langwierig gemacht wie den Eintritt. Stürbe der Mensch so langsam, wie er geboren wird, hätte ja das Schicksal große Gewalt über euch. Jeder Zeitpunkt, jeder Ort soll euch lehren, wie leicht es ist, der Natur den Dienst aufzukündigen und ihr Geschenk ihr vor die Füße zu werfen. Das Leben liegt nicht tief verborgen und muss nicht mit dem Schwert gewaltsam herausgeholt werden, man braucht nicht mit einer tief eindringenden Wunde die Eingeweide zu suchen, der Tod ist ganz nahe. Für solche Stöße habe ich keinen bestimmten Punkt vorgesehen, überall wo du willst, gibt es einen Zugang. Das, was man das eigentliche Sterben nennt, der Augenblick, in dem sich die Seele vom Körper trennt, geht so schnell vorüber, dass man ihn in seiner Flüchtigkeit gar nicht empfinden kann. Auf welche Weise es auch geschieht – es geht rasch vorbei.

An Lucilius

Nach langer Zeit habe ich dein Pompeji wiedergesehen. Ich fühlte mich in meine Jugendzeit zurückversetzt; was ich als junger Mann dort getan hatte, konnte ich, so schien mir, auch jetzt noch tun und hatte es vor kurzem erst getan. Vorbeigesegelt sind wir, mein Lucilius, – am Leben, und so wie auf dem Meer

Länder und Städte verschwinden,

wie unser Vergil sagt [Aen. 3,72], so haben wir in diesem reißenden Strom der Zeit zuerst die Kindheit aus den Augen verloren, darauf all das, was in der Mitte liegt zwischen einem jungen und einem alten Mann, dann die besten Jahre des eigentlichen Alters; seit kurzem kündigt sich die beim Menschen übliche Lebensgrenze an. Eine Klippe sei das, meinen wir in unserem völligen Unverstand: ein Hafen ist es, den man irgendwann einmal anlaufen muss, niemals ablehnen darf. Wurde jemand in seinen frühen Jahren dorthin verschlagen, darf er sich nicht mehr beklagen als einer, der schnell gesegelt ist. Mit dem einen treiben nämlich auf See, wie du weißt, träge Winde ihr Spiel, halten ihn auf und lassen ihn matt und müde werden im Verdruss an übermäßig langer Flaute. Den anderen aber bringt eine steife Brise ganz rasch ans Ziel. Ebenso geht es uns, glaub mir: Die einen hat das Leben sehr schnell dorthin geführt, wohin auch die Zögerlichen kommen mussten, die anderen hat es mürbegeklopft. Man muss das Leben, wie du weißt, nicht unter allen Umständen festhalten; nicht zu leben ist nämlich ein Gut, sondern gut zu leben.

Daher wird der Weise leben, solange er muss, nicht solange er kann. Er wird darauf sehen, wo er leben soll, mit wem, wie und was er zu tun hat. Er bedenkt stets, wie sein Leben aussieht, nicht wie lang es ist. Wenn ihm vieles begegnet, was beschwerlich ist und seine Seelenruhe stört, dann entlässt er sich. Er tut das nicht nur in der äußersten Bedrängnis, sondern sobald ihm sein Schicksal verdächtig zu werden beginnt, schaut er sich gewissenhaft um, ob er nicht etwa hier und jetzt ein Ende machen muss. Es ist für ihn seiner Überzeugung nach gar nicht wichtig, ob er selbst ein Ende macht oder ein Ende findet, ob später oder früher; er fürchtet sich nicht davor, als ob es ein großer Verlust wäre; niemand kann viel verlieren, wenn die Wasseruhr schon am Auslaufen ist. Früher oder später zu sterben ist unwichtig, gut oder schlecht zu sterben, darauf kommt es an. Gut zu sterben bedeutet aber auch, der Gefahr zu entgehen, schlecht zu leben.

Dennoch wird der Weise manchmal, auch wenn ihn der sichere Tod erwartet und er weiß, dass seine Hinrichtung schon festgesetzt ist, nicht mit eigener Hand das Urteil vollziehen. Sokrates hätte durch Nahrungsverweigerung sein Leben beenden und durch Hunger statt durch Gift sterben können; dennoch verbrachte er dreißig Tage im Gefängnis in Erwartung des sicheren Todes. Er dachte nicht daran, dass noch alles mögliche geschehen könne, dass eine so lange Zeit noch Raum biete für viele Hoffnungen, nein, er wollte sich den Gesetzen zur Verfügung stellen und seinen Freunden den gewinnbringenden Umgang mit Sokrates bis zum letzten Augenblick ermöglichen.

Man kann also über diese Frage keine allgemeingültige Entscheidung treffen: ob man, wenn man den Tod, den eine äußere Gewalt in Aussicht stellt, vorwegnehmen oder ihn erwarten soll, denn es gibt vieles, was für die eine oder die andere Seite sprechen kann. Wenn der eine Tod mit Marter verbunden, der andere einfach und leicht ist, warum soll man diesem nicht die Hand bieten? So wie ich ein Schiff wähle, wenn ich auf eine Seereise gehen will, ein Haus, um darin zu wohnen, so werde ich mir einen Tod auswählen, wenn ich aus dem Leben scheiden will.

An Lucilius

Du wirst freilich auch Philosophen finden, die lehren, man dürfe seinem Leben keine Gewalt antun, und es zum Frevel erklären, sein eigener Mörder zu werden. Man müsse das Ende abwarten, das die Natur festgesetzt hat. Wer das sagt, sieht nicht, dass er den Weg in die Freiheit verschließt: Nichts Besseres hat ja das ewige Gesetz für uns getan, als nur einen Eingang ins Leben zu geben, aber viele Ausgänge. Ich soll die Grausamkeit einer Krankheit oder eines Menschen abwarten, während ich doch in der Lage bin, mitten durch Qual und Folter hindurch hinauszugehen und das, was mich hemmt, beiseitezustoßen? Dies ist das einzige, weswegen wir uns über das Leben nicht beklagen können: Es hält keinen fest. Gut steht es um das menschliche Geschick, weil niemand außer durch eigene Schuld elend ist. Es gefällt dir? Lebe! Es gefällt dir nicht? Du darfst dorthin zurückkehren, wo du hergekommen bist.

An Lucilius

Eine maßvolle, einfache Lebensführung vermag das Alter zu verlängern, das man meiner Ansicht nach nicht sehnlich wünschen, aber auch nicht zurückweisen darf. Angenehm ist es, möglichst lange mit sich zusammen zu sein, wenn man dafür gesorgt hat, dass man diesen Umgang auch genießen kann.

Deshalb werden wir unsere Meinung darüber abgeben, ob es angebracht ist, aus Widerwillen gegen die letzte Phase des Alters dessen Ende nicht abzuwarten, sondern mit eigener Hand herbeizuführen.

Der kommt einem beinahe wie ein Feigling vor, der sein Schicksal träge und untätig erwartet, so wie einer über die Maßen dem Wein ergeben ist, der den Krug bis zum letzten Tropfen leert und auch noch den Bodensatz ausschlürft. Doch müssen wir hierbei fragen, ob der letzte Lebensabschnitt wirklich nur Bodensatz ist oder etwas höchst Klares und Reines – wenn nur der Geist ohne Beeinträchtigung geblieben ist und die Sinne unversehrt den Geist unterstützen und der Körper nicht kraftlos und schon beinahe tot ist. Es kommt nämlich hauptsächlich darauf an, ob einer das Leben verlängert oder das Sterben. Wenn aber der Körper für seine Dienste nicht mehr taugt, warum sollte man dann nicht die Seele, die darunter leiden muss, ins Freie führen dürfen? Und vielleicht muss man das schon ein wenig eher tun, als es nötig ist, damit man nicht, wenn es nötig wird, es womöglich nicht mehr tun kann. Und wenn die Gefahr größer ist, elend zu leben, als rasch zu sterben, dann ist töricht, wer sich nicht mit einer bescheidenen Einbuße von Zeit von einem großen Risiko loskauft. Nur wenige hat ein sehr hohes Alter ohne Beeinträchtigung bis zum Tod gelangen lassen, für viele war es ein untätiges Dasein, ohne dass sie etwas davon hatten. Um wie viel härter kommt es dir dann vor, ein wenig vom Leben hergegeben zu haben, als auf das Recht zu verzichten, es zu beenden?

Höre mich nicht widerwillig an, als beträfe dich

dieses Thema schon, und würdige das, was ich sage: Ich will mich vom Alter nicht losmachen, wenn es mich ganz für mich erhält, ganz auf jeden Fall in jenem besseren, geistigen Bereich. Wenn es aber beginnt, den Verstand zu zerrütten, Teile von ihm zu zerstören, wenn es mir nicht das Leben, sondern nur noch das Atmen übriglässt, dann werde ich mich mit einem Sprung aus dem morschen und verfallenden Gebäude davonmachen.

Einer Krankheit werde ich nicht durch den Tod entfliehen, wenn sie nur heilbar ist und den Geist nicht in Mitleidenschaft zieht. Ich werde nicht Hand an mich legen wegen Schmerzen: So zu sterben heißt sich aufgeben. Wenn ich jedoch weiß, dass ich diesen Schmerz beständig ertragen muss, dann werde ich den Ausgang wählen, nicht wegen des Schmerzes an sich, sondern weil er mich hindern wird bei allem, wofür man lebt. Schwach und feige ist, wer des Schmerzes wegen stirbt, töricht, wer nur für den Schmerz noch lebt.

Aber ich werde weitschweifig; es ist zudem ein Thema, mit dem man einen ganzen Tag zubringen kann. Und wie wird der seinem Leben ein Ende machen können, der es bei einem Brief nicht kann? Leb wohl also: Das wirst du lieber lesen als Tod und immer wieder Tod.

An Lucilius

Der Tod – was ist er? Entweder Ende oder Übergang. Ich habe weder Angst davor zu enden – das ist ja dasselbe wie nicht begonnen zu haben –, noch fürchte ich einen Übergang, weil ich nirgends so beengt [wie hier in meinem Körper] existieren werde.

An Lucilius

Wie uns einer lästig ist, der uns aus einem schönen Traum aufweckt – er bringt uns ja um ein wenn auch nur eingebildetes, aber in seiner Wirkung doch echtes Vergnügen –, so ist dein Brief für mich ein rechter Störenfried gewesen, hat er mich doch aus meinen Gedanken herausgerissen, in denen ich dem Traum nachhing und die ich, wenn möglich, gerne noch weiter verfolgt hätte. Es machte mir Freude, der Frage nach der Unsterblichkeit der Seele nachzugehen, ja wahrhaftig – daran zu glauben. Ich überließ mich nämlich nur zu gerne den Ansichten bedeutender Männer, die eine so willkommene Erwartung freilich mehr versprechen als beweisen. Ich gab mich so großer Hoffnung hin, schon war mir mein Leben zur Last, sah ich geringschätzig auf die Reste meines gebrechlichen Alters, entschlossen, in jenen unermesslichen Zeitraum und in den Besitz der ganzen Ewigkeit überzugehen – da wurde ich plötzlich wach, als dein Brief kam, und ich hatte den ganzen schönen

Traum verloren. Ich werde ihn, wenn ich deine Anfragen [zum wahren Ruhm] beantwortet habe, wieder aufnehmen und weiterträumen.

An Lucilius

Die Seele lässt sich keine eng begrenzte Lebensdauer vorschreiben. Sie sagt: »Alle Jahre gehören mir. Kein Zeitalter ist großen Geistern verschlossen, jede Zeit ist dem Denken zugänglich. Kommt der Tag, der diese Mischung aus Göttlichem und Menschlichem trennt, werde ich den Körper hier, wo ich ihn vorgefunden habe, zurücklassen, mein Selbst aber werde ich den Göttern zurückgeben. Auch jetzt bin ich nicht ohne sie, doch die Erdenschwere hält mich fest.«

Dieses Verweilen in einer vom Sterblichen bestimmten Zeit ist nur das Vorspiel für jenes bessere und längere Leben. Wie uns der Mutterschoß neun Monate lang umschließt und uns vorbereitet, nicht für sich, sondern für jenen Ort, zu dem wir hinausgeschickt werden sollen, wenn wir in der Lage sind, zu atmen und im Freien zu überleben, so reifen wir während dieses Zeitraums, der vom Dasein des Kleinkindes bis zum Greisenalter reicht, einer anderen Geburt entgegen. Ein neuer Anfang erwartet uns, eine neue Form des Daseins. Noch können wir den Himmel nur aus der Entfernung ertragen. So schau furchtlos jener entscheidenden Stunde entgegen: Nicht für die Seele, nur für den Körper ist sie die letzte. Alles, was dich umgibt, betrachte als Reisegepäck [für die Zeit] in einem Gasthaus: Du musst weiter. Die Natur schickt dich so hinaus, wie du hereingekommen bist. Du darfst nicht mehr mitnehmen, als du mitgebracht hast, ja du musst sogar von dem, was du für das Leben dabeihattest, ein Gutteil ablegen: Genommen wird dir diese Haut, die dich umhüllt als dein letztes Gewand, genommen werden dir das Fleisch und das Blut, das alles durchströmt, genommen werden dir Knochen und Sehnen, Stütze der weichen und sonst haltlosen Körperteile.

Der Tag, den du fürchtest, als sei er der letzte, ist der Geburtstag der Ewigkeit.

Richte dein Denken schon hier als ein Fremdling auf ein höheres und erhabeneres Ziel. Einmal werden dir die Geheimnisse der Natur enthüllt, dieses Dunkel wird durchbrochen werden und strahlendes Licht wird von allen Seiten hereindringen. Stell dir vor, was das für ein funkelnder Glanz sein wird, wenn so viele Sterne ihr Licht miteinander vereinen. Kein Schatten wird die heitere Helligkeit trüben. Alle Teile des Himmelsgewölbes werden gleichmäßig leuchten: Den Wechsel von Tag und Nacht gibt es nur in der untersten Sphäre des Äthers. Dann wirst du dir sagen, dass du bisher in der Finsternis gelebt hast, wenn du die ganze Fülle des Lichts ganz und gar erblickt hast: Du kannst es jetzt ja durch den engen Spalt deiner Augen nur schwach wahrnehmen und bewunderst es dennoch schon aus der Ferne. Wie wird dir das göttliche Licht erscheinen, wenn du es an dem ihm eigenen Ort erblickst?

Dieser Gedankengang lässt in der Seele keinen Raum für eine niedrige, gemeine und grausame Gesinnung. Die Götter erklärt er zu Zeugen aller Dinge; er befiehlt uns, ihre Anerkennung zu gewinnen, uns für ihren Dienst in der Zukunft bereitzuhalten und die Ewigkeit immer vor Augen zu haben. Wer davon überzeugt ist, der fürchtet keine feindliche Heeresmacht, der wird von keiner Kriegstrompete aufgeschreckt, der lässt sich durch keine Drohungen in Angst versetzen. Warum sollte der sich fürchten, für den das Sterben eine Hoffnung ist?

An Lucilius

Doch auch wer glaubt, die Seele bestehe nur so lange, wie sie in den Fesseln des Körpers festgehalten wird, und von ihm getrennt löse sie sich sogleich auf, wirkt darauf hin, dass er auch nach seinem Tod noch Nutzen stifte. Ist er selbst auch unseren Augen entrückt, dennoch

> tritt uns immer wieder im Geist die große Tugend des Mannes vor Augen und der hohe Adel seiner Abkunft [Vergil Aen. 4,3].

Bedenke, wie sehr uns gute Vorbilder nützlich sind, und du wirst erkennen, dass uns das Andenken bedeutender Männer ebenso viel Nutzen bringt wie ihre Gegenwart.

An Lucilius

Übe dich täglich darin, dass du imstande bist, mit Gleichmut das Leben zu verlassen, an das sich so viele anklammern und daran festhalten, wie Menschen, die von einer Sturzflut weggerissen werden, sich an Dorngestrüpp und rauhen Klippen zu halten suchen. Mach dir also das Leben ganz und gar erfreulich, indem du alle Besorgnis darum aufgibst.

Seneca-Statue im Park Sanssouci, Potsdam

Textnachweise

Der Übersetzung liegt der lateinische Text folgender Ausgaben zugrunde:

L. Annaei Senecae Dialogorum libri duodecim. Ed. L.D. Reynolds. Oxford 1965.
L. Annaei Senecae ad Lucilium epistulae morales. Ed. L.D.R. 2 Bde. Oxford 1965.
Naturalium quaestionum libri VIII. Ed. A. Gercke. Leipzig 1907. – Nachdr. 1970.
Tragoediae, ed. O. Zwierlein. Oxford University Press 1986.

Eingesehen wurden ebenfalls folgende Ausgaben:

Sénèque. Dialogues. Tome II, III, IV. Ed. A. Bourgery / R. Waltz. Paris [4]1961.
Des Bienfaits. Tomes I–II. Texte établi par F. Préchac. Paris [3]1972.
Lettres à Lucilius. Tome I–II. Texte établi par F. Préchac. Paris [3]1963.
Seneca. Moral Essays. Lat./engl. Hrsg. von J.W. Basore. 3 Bde. Cambridge (Mass.) 1958.

Stellenangabe mit Asterisk (*) bedeutet: Es ist nicht der ganze Paragraph übersetzt.

Verzeichnis der Textstellen

epist.	Epistulae – Briefe an Lucilius
brev.	De brevitate vitae – Von der Kürze des Lebens
benef.	De beneficiis – Über die Wohltaten
tranq. an.	De tranquillitate animi – Von der Ruhe des Gemüts

ad Helv.	Ad Helviam – Trostschrift an die Mutter Helvia
nat.	Naturales quaestiones – Naturwissenschaftliche Untersuchungen
ot.	De otio – Von der Muße
prov.	De providentia – Von der Vorsehung
ira	De ira – Vom Zorn
ad Marc.	Ad Marciam – Trostschrift an Marcia
Med.	Medea
vit. beat.	De vita beata – Vom glücklichen Leben

I

Sich selbst gehören, die Zeit nutzen

27 epist. 1,1.2.3. | **28** 1 brev. 3,1. | 2 brev. 3,4.5. | **29** brev. 8,1.2.3. | **30** brev. 9,1*. | **31** epist. 20,1–3. | **32** epist. 71,36*.

II

Was sagen die Weisen?

33 1 brev. 15,5. | 2 epist. 110,14–20. | **35** epist. 108,2.3.4. | **37** 1 epist. 67,14. | 2 epist. 62,1–3. | **39** 1 brev. 14,5;14,2. | 2 epist. 9,15.18.19. | **40** epist. 9,6. | **41** 1 epist. 2,4*.5.6. | 2 tranq. an. 14,2.3.

III

Aus dem Leben lernen

43 epist. 53,1–8.9*. | **46** epist. 56,1–5*.14.15. | **49** epist. 57,1–3.6. | **50** epist. 28,1*.2.3*.4.5. | **52** epist. 87,1*–9. | **55** epist. 123,1–4.6. | **57** epist. 12. | **59** epist. 77,1.2*.3.4*.

IV
Philosophieren – leben

61 epist. 90,1.2.3*. | **62** epist. 16,1–6. | **64** epist. 13,3*.4.5.10.11.13*. | **67** epist. 82,5.6.7.8*. | **68** epist. 103,4.5. | **69** epist. 61,1.2.4*.

V
Wahre Freude

71 epist. 23,1–6*.7*.8*. | **74** epist. 59,14.15.16*.18* | **76** vit. beat. 4,3.2*.4.

VI
Der Natur gemäß leben – Leben wider die Natur

77 1 vit. beat. 3,3. | 2 epist. 45,9*. | 3 epist. 16,7*.8.9. | **79** 1 epist. 94,68*.69. | 2 epist. 122,2*.3*.5.6*.7*.8*.9.10*. | **81** epist. 122,19.

VII
Der Genusssucht den Prozess machen

82 nat. 4(b)12*.13,1.3.4*.5.6.8.9.10*.11*. | **85** ad Helv. 10,2.3. | **86** ad Helv. 10,5.8.9.10. | **89** 1 epist. 95,23. | 2 epist. 95,24. | 3 epist. 95,15.16*.18*.23*. | **90** epist. 95,25*. | **91** epist. 95,26.27*.28*.29. | **92** 1 epist. 89,18. | 2 epist. 89,21. | **93** epist. 89,22. | **94** epist. 86,1*.4–12.

VIII
Weltall, Götter und Menschen

98 1 epist. 89,5. | 2 nat. 1, Praefatio (Vorrede) 1–4. | **100** 1 nat. Praef. 5. | 2 ot. 5,6.7. | **101** nat. 7,25,4*.7*; nat. 1, Praef. 10–13*.14. | **103** 1 nat. 1, Praef. 13*.14. | 2 nat. 1, Praef. 17. | 3 ot. 4,2 Ende. | **104** 1 ad Helv. 11,7. | 2 epist. 102,21. | **105** 1 benef. 4,25,1.2.4; 26,1*. | 2 prov. 1,1*.5.6;2,1–6.7*,6,1.3.5*. | **110** epist. 107,8–12.

IX
Der Mensch, dem Menschen heilig?

112 epist. 95,51.52.53. | **113** 1 epist. 95,53. | 2 epist. 48,2. | 3 epist. 44,1*. | **114** benef. 3,28,1*–6*; 29,1*. | **116** epist. 47,1–8. | **119** epist. 47,10.11*.13*.15.16*. | **120** epist. 95,29*–31.33.34. | **122** epist. 7,1*.2.3*. | **123** epist. 7,3*.4.5*. | **124** 1 epist. 7,8*. | 2 epist. 103,1.2 | **126** nat. 5,18,5.6.8.9*. | **127** nat. 5,18.12*.13*.14.15*. | **128** Med. 364–379. | **129** ira 3,42,3.4*; 43,1*.5.

X
Handeln lehrt die Philosophie, nicht reden

130 epist. 48,6–9*. | **131** epist. 48,12. | **132** epist. 88,1.2*.3*.7*. | **133** 1 epist. 88,32*. | 2 epist. 88,28*.29*.30. | **134** epist. 88,36.37*.42. | **135** epist. 106,11.12.

XI
Ruhe und Tätigkeit

136 1 ot. 4,2*. | 2 ot. 5,8. | 3 nat. 3, Praef. 1.2.3*.4. | **137** epist. 8,2.3*.5. | **138** epist. 8,6. | **139** 1 ot. 2,1*.2. | 2 ot. 3,2.3. | **140** ot. 8,1*.2.3. | **142** tranq. an. 5,5. | **143** 1 ot. 3,5. | 2 ot. 4,1.2*. | **144** tranq. an. 3,1*.2.3. | **145** tranq. an. 4,3*.4.6.7*. | **146** 1 tranq. an. 4,8. | 2 epist. 60,4*. | **147** tranq. an. 12,2–5. | **148** brev. 12,2.3.4*.6. | **149** brev. 12,6–9. | **151** brev. 16,1–4*. | **152** brev. 14,1.2*.

XII
Vom glücklichen Leben

154 vit. beat. 1,1–3*. | **155** 1 vit. beat. 8,1*.2*. | 2 epist. 92,1*.2.3.27.28*. | **157** vit. beat. 16,3. | **158** vit. beat. 20,3.4.5. | **160** vit. beat. 21,1.2.4. | **161** vit. beat. 22,1; 24,3. | **162** vit. beat. 23,1;22,5*.

XIII
Ende oder Übergang

163 1 ad Helv. 13,3. | 2 epist. 24,18*.20. | **165** epist. 77,11.12.13.20*. | **166** epist. 93,1–4*.5*. | **168** epist. 63,1.14.15.16. | **170** ad Marc. 19. | **171** ad Marc. 20. | **172** prov. 6,6.7.8*.9*. | **174** epist. 70,1–6*.8*.9.11. | **176** epist. 70,14.15. | **177** epist. 58,32–37. | **180** 1 epist. 65,24. | 2 epist. 102,1.2. | **181** epist. 102,22–26*.28*,29. | **183** epist. 102,30. | **184** epist. 4,5*.6*.

Verzeichnis der Abbildungen

15 Seneca mit seinem Schüler Nero. Statuengruppe von E. Barrón González, Rathaus Córdoba. – © Peter Grau, Pullach.

24 Das Columbus-Denkmal auf der Plaza Colon in Madrid mit einem Zitat aus Senecas *Medea.* – © Peter Grau, Pullach.

26 Seneca im Chorgestühl des Ulmer Münsters (1469–1474). – © Wikimedia Commons / Joachim Köhler.

36 Doppelherme mit einem Porträt Senecas auf der einen und einem des Sokrates auf der Gegenseite. – © Wikimedia Commons / Calidius.

65 Die Personifikation der Philosophie (Mitte) mit Aristoteles, Platon, Seneca und Sokrates (von links). Fresko von P. Tibaldi und V. Carducci (1587) in der Bibliothek des Escorial in Madrid. – © Peter Grau, Pullach.

69 Allegorie der Philosophie mit Aristoteles, Platon, Sokrates und Seneca. Miniatur. Aus: Richard Toellner / Jean-Charles Sournia / Jacques Poulet / Marcel Martiny: Illustrierte Geschichte der Medizin. Salzburg 1980.

73 Straßenschild im heutigen Rom: Via Seneca. – © Eva Haidle, Pullach.

87 Gastmahlszene aus einer Wandmalerei in Herculaneum. Aus: Jacques André: Essen und Trinken im alten Rom. Stuttgart 1998. 2013. Cover.

125 Gladiatoren auf einem Mosaik aus Torre Nuova. Aus: Jacques André: Griechische Feste, römische Spiele. Leipzig 1984. S. 151.

141 Agrippina krönt Nero. Statuengruppe aus dem kleinasiatischen Aphrodisias. – © Margrit Breidenbach, Darmstadt.

164 Der sterbende Seneca. Gemälde von Peter Paul Rubens, München, Alte Pinakothek. – © Bildarchiv Reclam.

185 Seneca-Statue im Park Sanssouci, Potsdam. – © Angelika Mugler, Grünwald.